译文学生文库

哈姆雷特

[英] 莎士比亚 著

方平 译

THE TRAGEDY OF HAMLET, PRINCE OF DENMARK

上海译文出版社

目　录

哈姆雷特

前　言

人们常说，有一千个哈姆雷特的演员就有一千个哈姆雷特；同样，历来的评论家也一个个在各自的心目中塑造着不同精神面貌的哈姆雷特的形象。弗洛伊德学派用他们的性心理学说来给哈姆雷特作心理诊断，丹麦王子报仇心切，却为什么迟迟没有行动，一再拖延呢？英国琼斯博士认为：这缺乏行动意志力的病根子归源于恋母仇父的"俄狄浦斯情结"。他的叔父杀兄夺嫂，正是实现了潜伏在他内心深处的一个秘密愿望。原来在这个恋母者的心目中，父亲成了不能容忍的情敌。这一学说，似乎在西欧很有影响。

如果认真研读原作，从文本出发，那么可以说恰恰和"恋母仇父"相反，王子在不同场合屡次表白了自己的真实心态：热爱父亲，并且由于认为他母亲背叛了父亲，又由爱父而憎母。

在人的一生中，尤其在青少年时期，总是有自己心目中崇拜的偶像，而树立在年轻的王子心中的一尊偶像，就是父王老哈姆雷特。他的叔父窃据了丹麦的王座，曾这样开导他——那一番话听来似乎并非完全没有道理："要知道，你父亲也曾失去过父亲，那失去的父亲又曾失去了他的"，千万人都曾为父亲送过丧，"像日常的吃啊穿啊那么地平常"，那么为什么惟独他的悲痛却漫无止境呢？

王子没有吭声，他不理会那套花言巧语，他的父王可不同于一般的父亲，尤其是那个居然妄想取而代之，以"慈父"自居的家伙，更是和他的父王天差地远了。

多么好的一位国王，比起这一个来，
简直是太阳神对半人半兽的精怪。

3

在哈姆雷特的眼里，有人凭着高贵的品质把自身提高到接近于威严的天神；可是另一方面，有人从外表到内心，一身丑恶，堕落到只配和禽兽为伍。现在把父亲和叔父这一对亲兄弟放在一起，请看看他们所各自代表的"人"的形象吧：——一边俨然是神，雄伟刚健的男性美的象征，是"人"的骄傲；另一边是人面兽身的怪物，是"人"的耻辱。人和人之间竟存在着神和兽的差别，可在血缘上却又是那么接近！——多么可怕啊，这两兄弟来自同一的生命的源泉！

在他所尊敬、崇拜的父王身上，哈姆雷特看到了人的仪表、品德的最高理想。当他在寝宫里毫不留情地责问再婚的母后时，指给她看父王的画像，再一次热烈赞美道：

你瞧这一个的容颜，多高雅庄重，
长着太阳神的鬈发，天帝的前额；
叱咤风云的战神的威武的双眼，
像刚从天庭降落的神使，挺立在
高耸入云的摩天岭上，那仪表，那姿态；
十全十美，就仿佛每一位天神
都亲手打下印记，向全世界昭示：
这才是男子汉！

越是把父亲当作偶像般崇拜，对于迫不及待地再嫁的母亲，他越是厌恶。他几乎不愿意承认有这么一个母亲；在他眼里，她只是一个为了肉欲而背弃爱情的女人罢了，竟这么快就把他父亲生前对她的种种情意忘个干净："待我的母亲又这么恩爱，甚至不许天风吹痛了她的嫩脸蛋。"

而母亲呢，"偎依在他胸怀，简直越尝到滋味越要尝，越开了胃。"这分明是一对你恩我爱的好夫妻。年轻的王子看在眼里，激发了他对人生的无限憧憬。

青春本是多梦的季节，哪一个少男少女不怀着对人生的美好的希望和期待呢？哈姆雷特是一个感情丰富的青年，更是陶醉在一个美丽的梦想中：——

有那么一天，他也将成为一个成熟、完美的男子汉，像他的父王那样；而且将继承他父亲的大业，也将成为丹麦英明威武的国王。那时候，他现在的温柔纯洁的情人奥菲丽雅就是他美丽的王后。他们俩将像父王和母后那样相亲相爱、形影不离。在他最美好的梦幻中，他把自己和他所崇拜的父王合二为一了；而在母后的娇爱的形象里，他看到了自己恋人的倩影。

谁想父王暴死，紧接着这晴天霹雳，母后又随即再嫁，这天旋地转般的人生变故，把他震撼得心都碎了，温馨、美好的青春梦想，全破灭了，只剩下辛酸的回忆不断地在他脑海里翻腾着：

> 短短一个月，她哭得像泪人儿一般，
> 给我那可怜的父亲去送葬，她脚下
> 穿的那双鞋，还一点没穿旧呢——哎哟，
> 她就——老天呀，哪怕无知的畜生
> 也不会这么快就忘了悲痛……
> 她就改嫁了——无耻啊，迫不及待！
> 急匆匆地，一下子钻进了乱伦的被子！

他跟好友提到这回事，那讽刺的尖刻辛辣，已近乎现代的"黑色幽默"了。"丧礼上吃剩的凉了的烤猪肉，就端上了吃喜酒的筵席。"

丧礼，婚礼，前后相隔只短短两个月，已经够叫人寒心了；经过他的"剪接"，呈现出丧礼和婚礼同时进行的一幅荒诞的、格外叫人恶心的画面！

如果母亲这么快就能把神明般的丈夫忘个干净，把他们几十年恩爱忘个干净，甘愿委身于一个禽兽不如的人，那么世界上还有什么真诚的、天长地久的爱情可言？还怎么可能相信一个女人

的爱情？

他不仅永远失去了他崇拜的父亲，连"母亲"也只剩下了失去任何意义的空洞概念了。那个不惜把自己的人格降低到与禽兽为伍的女人已玷污了"妻子"和"母亲"这最亲、最圣洁的称呼。

我们这个世界包围在情意缠绵的母爱、妻爱、情人的爱中间。女性给人间带来了最温柔纯洁的爱，使得世俗的贪欲和野心显得格外的可鄙。受崇拜的爱神本是爱的女神；爱和女性是分不开的。现在，上古神话时代所树立起来的端庄美丽的爱神的形象，在哈姆雷特的心目中一下子倒塌了。极端的悲痛使他产生了极端的偏见，以为从母亲的水性杨花中看到了全体女性的耻辱：

> "脆弱"啊，你的名字就叫"女人"！

宇宙虽大，他的理想已无所寄托了；理想的光辉一旦熄灭，那个没有人间真情的天地，在他眼里顿时变色了，改观了：

> 在我看来，人世的一切，多么地无聊，
> 多么地腐败乏味，一无是处啊！
> 呸，呸，这是个荒废了的花园，
> 一片冷落，那乱长的荆棘和野草
> 占满了整个园地。

在这蔓草丛生的荒废的园地里，他已看不到人生的任何意义。生命还有什么可留恋的呢。

也许一个更可怕的思想袭上他的心头：他是他母亲生下的儿子，那么在他血管里流动着的血液有一半来自那个堕落的女人，他还怎么能洁身自好呢？后来他竟然叫奥菲丽雅"给我进女修道院去吧。嘿，你喜欢养一大堆罪人吗？"明显地表达出这种"原罪"的悲观思想。他从痛恨叔父、谴责母亲、贬低女性、厌恶人世，进而厌恶自身。他第一段内心独白的第一句话就是：

> 唉！但愿这一副——这一副臭皮囊
> 融化了，消解了，化解成一滴露水吧！

《哈姆雷特》本该是一个复仇剧；丹麦王子哈姆雷特为父复仇是北欧的一个很古老的故事。早在莎士比亚写下这一杰作（1600）的十几年前，伦敦的舞台上已经有过一个复仇剧搬演哈姆雷特的事迹了。复仇剧很受当时伦敦观众的欢迎。可是对于莎翁的这个杰作，却不能仅仅用复仇剧来概括它的巨大的思想容量了。

被巨大的悲痛压倒的哈姆雷特，只知道父亲是在花园里午睡时被毒蛇咬死的。在父王的亡灵午夜出现，揭露了那伤天害理的谋杀案，把庄严的复仇任务托付给王子之前——也就是说，这悲剧还没有把"复仇"这一主题引进之前，观众首先看到的是一个经历着精神危机，失去了对人生的一切信仰和希望，失去了精神上的支撑点的哈姆雷特。

比起复仇这一主题，美好的理想和无情的现实的冲突，该是一个更普遍、更能触动个人亲切感受的主题。这几乎是一个永恒的主题。谁都有自己美好的青春的梦想，可是往往经不起现实的碰撞，破灭了；这幻灭感，这梦醒后的失落感，几乎是每个人在他的人生阶段所曾经经历过的或大或小的个人悲剧。所谓"一寸相思一寸灰"，就是古代诗人倾诉着内心的这一种失落、痛苦和无奈。

在美国著名作家海明威笔下出现了垮了的一代，迷失了的一代，写的就是上世纪二十年代的青年男女的人生理想被第一次世界大战的无情的炮火摧毁了。

现在，这幻灭感、失落感，把年轻的哈姆雷特推向了生和死的边缘。

把生和死的矛盾、困扰，引进复仇剧，最能显示出莎士比亚的非凡才华。按理说，怀着深仇大恨、誓和敌人不共戴天，冤仇未报，是决不会先想到死的。在莎翁早期的复仇剧《泰特斯·安德洛尼克斯》中一群被迫害、被侮辱、怀着深仇大恨的受难者就是这样，忍辱偷生。可是对于已失去了人生理想的哈姆雷特，生命的负担对于他却太沉重了。于是父王显灵，告诉他："咬死你父亲的那条'毒蛇'，他头上正戴着王冠"——

> 在睡梦中，我被兄弟的那只手
> 一下子夺去了生命，王冠，和王后。

这里是国仇（篡位），家仇（奸母），父仇。三重的深冤大仇把三倍神圣的复仇任务压到了哈姆雷特的肩上。他热血沸腾："我要啊，张开翅膀，飞快地像思想……那么迅猛地扑过去，报我的仇！"

复仇的使命给他注入了一股生命的动力，却不能帮助他找回生命的意义，在他内心深处重新建构起一个爱的世界。

老王的阴魂说，要是他把地狱里可怕的景象，只吐露一句话，就会"吓破你的胆，冻结了你青春热血"，可是亡魂所揭露的那伤天害理的谋杀案，让哈姆雷特看到了人性的阴险恶毒，就像直看到了燃烧着硫磺烈火的地狱里的最深处！

鬼魂消失在黎明的曙色中。当天早晨，哈姆雷特直奔奥菲丽雅家中。她正在闺房做针线活，只见衣服不扣、帽子不戴的王子脸色死白、膝盖发抖，好像刚从地狱里放出，要讲那里的恐怖，接着，"他一把抓住了我手腕——抓得好紧啊……一眼不眨地瞧着我的脸"——

> 于是他一声长叹，好凄惨，好深沉，
> 仿佛他整个儿躯壳都被震碎了，
> 生命都完了；这以后，他放开了我的手，
> 转过身去，可又回过头来，朝我看。

他一步步往后退，目光始终盯住在少女的身上，他这是在断绝对人世的一切眷恋之前，和自己的恋人作最后的告别，和人生的幸福、理想告别。不管后来哈姆雷特的疯疯癫癫、语无伦次是真疯，还是掩护自己的斗争艺术，从奥菲丽雅的眼里看到的那个仿佛从地狱里逃出来的青年人，确然已经濒临疯狂的边缘了。来自地狱深处使他毛骨悚然的那一个秘密，把一切光明都从他眼里抹去了，剩下的只是一片天昏地黑。

"活着好还是别活下去了"，这一段著名的独白，吐露了他这种极端苦闷的心情；即使三倍神圣的复仇任务压在身上，也始终不能帮助他从死亡的阴影中摆脱出来。死亡对于他似乎始终是一种难以摆脱的诱惑。

按理，复仇剧中的主人公该是一个积极行动着的人。拿奥菲丽雅的哥哥莱阿提斯来说吧，正像哈姆雷特的父王是给叔父谋杀的，他的父亲是给哈姆雷特刺死的。这两个青年都要报杀父之仇；前者却踌躇徘徊，无所作为，徒然一再谴责自己；而后者一听说父亲死于非命，就从国外赶回，高举利剑，率领一批追随者，冲进王宫，大声呼喊："你这个万恶的国王，还我父亲！"

对于莱阿提斯，子报父仇，天经地义，理所当然，"还我父亲！"这大声呼号，这冲动，这血气，并没超出封建伦理道德的范畴。对于哈姆雷特，复仇如果只为了维护古老的社会秩序（杀人者死），为了捍卫王室、家族的荣誉，那就简单得多了。

然而青年王子却被翻腾在心中的一系列问题难住了：他用正义的利剑惩罚了那个凶手，人间能够重新恢复原来的光明灿烂吗？他能重新建立起对人生的信念，找回那已经破灭的理想和信仰吗？"时代整个儿脱节了！"如果我们把这声惊呼理解得深入些，该是同时指的内心世界：他能够把他已经破碎了的心重新修复，重新给以信仰和希望吗？他那骚动又无奈的心中一片茫然。

他感到自己的无能为力。即使他为人间剪除了那个大坏蛋，但是这个人世已无从拉回到当初美好的时光了。这样，为王室、家族的荣誉而复仇，失落了它固有的光彩。"男子汉果断的本色蒙上了顾虑重重的病态、灰暗的阴影。"

理想破灭，他的行动的意志随之瘫痪了。也许我们可以从这里去理解为什么哈姆雷特复仇心切，却一再拖延，迟迟没有行动，一再为此而谴责自己。

这样，莎翁把本来一个复仇剧深化为性格悲剧、心理悲剧。

主人公本应该像莱阿提斯那样，是一个行动着的人；现在出现在舞台上的却是一个不断思索着的人，一个被人生的根本问题困惑着的人，一个对人生固有的价值观念产生了怀疑的人。正因为这样，哈姆雷特更容易为我们现代人——被各种社会问题所困扰的现代人在思想感情上所认同。我们的确可以这么理解："这个悲剧，在某种特殊意义上，是属于今天这个世界的。"（大卫·丹尼尔语）

不仅是复仇剧，也许从整个戏剧发展史来说，出现在古代舞台上的，总是在喜怒哀乐，悲欢离合的各个人生场面中感受着、行动着的人；手拿着骷髅，对人生陷入哲理性思考的哈姆雷特，该是戏剧史上的一个新人的形象。

当然，哈姆雷特并非只是在拖延，没有行动，方才只是着重说明：悲剧性格是他最值得注意的性格特征。首先，他"疯"了，在他的疯言疯语里带着一种使对方坐立不安的锋芒。"丹麦是一所监狱"，他半真半假、肆无忌惮地吐出了郁积在心头的愤怒。

第二步，他斩断情丝，向温柔的奥菲丽雅声称"我从前不曾爱过你"，冷酷地劝告她进女修道院。在他的心里只有愤世嫉俗，再容不下爱情的位置了。

这个不幸的少女像哈姆雷特一样（只是在较小的幅度内）经受了理想破灭的痛苦。在王子的心目中，父王就是一尊天神；而在这位少女的内心深处也供奉着一个最完美的男性形象，他是：

朝廷大臣的眼光，学者的口才，

是军人的剑术，国家的精华和期望，
是名流的镜子，举止风度的模范
举世瞩目的中心……

那就是她心目中的情人哈姆雷特。现在她眼看着一世的英才就这么"倒下了，坍下来了"，曾经"从他那音乐般的盟誓吸取过甜蜜"的最幸福的姑娘，现在却是"天下的女人，要数我最命苦、最伤心了"。

再加上父亲突然死于非命，她小小的心灵承不住这接连而来的打击，得不到一点精神力量的支持（不像哈姆雷特还有复仇的使命在支撑他），她疯了，真的疯了。她忘记了闺阁身份，唱开了平时她听着都会害羞的民间的情歌儿——她始终忘不了往日的那一段柔情。纯洁的奥菲丽雅是肮脏的宫廷阴谋的牺牲品。

用演戏作为"捕鼠机"是哈姆雷特的第三个步骤。当时的迷信观念：鬼魂有善有恶，哈姆雷特在复仇之前必须证实夜半显灵的果真是父王的亡灵。他表白过这样一层顾虑："我看到的那个阴魂，也许是魔鬼呢——魔鬼有本领变化成可亲的形状……迷惑我，坑害我。"

果然，戏中戏演到凶手下毒时，观众席上的那个谋杀者顿失常态，跳了起来，这戏他再也看不下去了。哈姆雷特和受了他嘱托的好友霍拉旭把这一切看在眼里。国王的反常举止，可说是他阴暗的内心世界第一次在大庭广众之间的大暴露。

谋杀者为自己行将败露的罪行跪在神像前忏悔，手拿着出鞘的利剑的王子，悄悄出现在他身后。这正是复仇的大好机会。谁知哈姆雷特却把这机会轻轻放过了。他的想法是：把正在忏悔中的凶手送上天堂，"这倒是报德，不是报仇！"

这最清楚不过地表明了哈姆雷特所要求的不仅仅是杀人者死、一命抵一命的原始性复仇。在宗教观念上，他要叫谋杀者的灵魂直滚进漆黑的地狱才算报了仇。他必须等候机会。他拖延又拖延，迟疑再迟疑，因为超出于宗教观念，超出于家族的荣誉观念，更有怎样找回他美好的理想世界、怎样重新建立起人生信仰的大问题——他所无法面对的问题。

可是复仇的庄严使命不容许不执行，决不能放过了那个头戴王冠的毒蛇，他于心不甘。最后，他怀着自我谴责的心情，要以福丁布拉为榜样，只知道封建骑士的荣誉观念。那位挪威王子为了弹丸之地，即使豁上两万条生命也在所不惜，他逼着自己从今以后，排除一切杂念，满脑子"只一股杀人的动机！"

他终于和敌人同归于尽，这是他最好的解脱。他的临终遗言很简短，要说的，在他充满痛苦的时刻里都说了，而此时此刻，他的灵魂正从痛苦中解脱出来。他留下的最后一句话，最使人回味不尽："一切都归于沉默。"

即将消逝的生命，连同一生的恩怨，都被包围在一片无言的空白、一片虚无中了。

The Tragedy of
Hamlet, Prince of Denmark
哈姆雷特

剧中人物

哈 姆 雷 特　　丹麦王子
克 劳 迪 斯　　丹麦国王，哈姆雷特的叔父
葛 特 露 德　　丹麦王后，哈姆雷特的母亲
老王哈姆雷特的阴魂

波 洛 纽 斯　　御前大臣
莱 阿 提 斯　　其子
奥 菲 丽 雅　　其女
雷 那 多　　其仆

霍 拉 旭　　王子的好友
伏 特 曼
科 尼 留 斯
罗 森 克 兰 ⎱ 廷臣
吉 登 斯 丹
奥 里 克
巴 那 多
弗 兰 西 斯 科 ⎱ 值班的军士
玛 塞 勒 斯

福 丁 布 拉　　挪威王子

挪威军队的队长

英 国 使 臣

演员三四人

掘墓人及其伙伴

牧　　　师

众大臣，侍从，卫队，兵士，水手等

场　　景

丹麦首都埃尔西诺

第一幕

第一景　城堡高处平台

［夜色深沉。弗兰西斯科站在台上守望，
军士巴那多自远处上］

巴 那 多　前面是哪一个？

弗兰西斯科　不，你回答我。站住，你是什么人？

巴 那 多　（报口令）"吾王万岁"！

弗兰西斯科　巴那多？

巴 那 多　正是我。

弗兰西斯科　你接班来了，时刻一点都不差。

巴 那 多　已打过十二点了，去睡吧，弗兰西斯科。

弗兰西斯科　你来接替我，太感谢了。好冷的天气啊！
　　　　　　我心里真不是滋味。

巴 那 多　你站这一班，一无动静吧？

弗兰西斯科　没听得耗子吱一声。

巴 那 多　（接班）好吧，晚安。
　　　　　要是你碰见霍拉旭和玛塞勒斯——
　　　　　我值班的搭档——叫他们赶紧来。

弗兰西斯科　（走远去，自语）好像听到他们了。

［霍拉旭及玛塞勒斯自远处上］

　　　　　站住！前面是哪一个？

霍 拉 旭　本国的臣民。

玛 塞 勒 斯	效忠丹麦王的军人。
弗兰西斯科	祝你们晚安。
玛 塞 勒 斯	再见了，正直的军人，谁替了你的班？
弗兰西斯科	巴那多接了班。祝你们二位晚安吧。

〔下〕

玛 塞 勒 斯	（向岗哨走去）喂，巴那多！
巴 那 多	好，呃，霍拉旭也来了吗？
霍 拉 旭	他吗，只剩一团冻肉了。①
巴 那 多	欢迎，霍拉旭；欢迎，好玛塞勒斯。
霍 拉 旭	（神秘地）怎么，这东西今晚上又出现了吗？*
巴 那 多	我什么也没看见。
玛 塞 勒 斯	霍拉旭说，那无非是咱们的幻觉。
	他就是不信有这等的事，尽管
	这可怕的异象，我们已看到两回了；
	我这才把他拖了来，要他今晚上
	陪我们一起守夜；要是这阴魂
	又出现了，也好请他做个证，证实
	咱们并没看花了眼，好由他来
	向阴魂说几句话。②
霍 拉 旭	嘿，嘿，
	才不会出现呢。
巴 那 多	咱们且一起坐下吧。

---

① 极言其夜寒侵骨，据"牛津版"（1987），"新剑桥版"（1985）注释译出。又，
另据"新亚登版"（1993）注释，则此句极言夜色如漆，似可译作：
　　　　（笼罩在夜色中，伸过手去）这只手倒是他的。
舞台演出，这样处理，似更易见出霍拉旭的风趣。

* 译者手边的四种现代版本都把这话归给霍拉旭；哈姆雷特的好友首先提出鬼
魂的事似更为确当。较早的版本把此句归给玛塞勒斯；不同的文字处理都有
原始版本作依据。

② 意即霍拉旭是位学者，懂得该怎样向阴魂问话；当时以为必须先有人发问，
阴魂才能表明它的来意。

不管你多么不爱听咱们的故事，

咱们偏要把这两夜看到了什么

硬塞进你的耳朵。

霍　拉　旭　　　　　　　　　　好，坐下吧。

我们且听听巴那多谈一谈这回事。

巴　那　多　就在昨天那一晚，

就是北极星西边的那颗星星

移到了它现在闪耀光辉的位置，

玛塞勒斯和我，这时候，钟敲了一下——

[阴魂穿戴甲胄上]

玛塞勒斯　别做声，快别讲了！瞧，它又来啦！

巴　那　多　简直跟咱们的先王一个模样！

玛塞勒斯　你是位学者，霍拉旭，跟他说话吧。

巴　那　多　那模样不像先王吗？瞧呀，霍拉旭。

霍　拉　旭　太像了！我毛骨悚然，又充满了疑虑。

巴　那　多　他等着咱们先开口呢。

玛塞勒斯　　　　　　　　　去问他，霍拉旭。

霍　拉　旭　（走上前去）

你是什么东西？在深更半夜，

闯了来，冒充着已入土的丹麦先王，

他那昂首阔步、英武的姿态；

凭上天的名义，我命令你回答我。

玛塞勒斯　它生气了。

巴　那　多　　　　　瞧，它大踏步走了。

霍　拉　旭　（追上去）

不要走，说呀，快说呀，我命令你快说！

[阴魂消失]

玛塞勒斯　它走啦，就是不开口。

巴　那　多	怎么啦，霍拉旭？脸儿都发白了，直哆嗦。
	这一回可不是什么幻觉了吧？
	这回事你怎么看？
霍　拉　旭	老天在上，要不是我亲眼看到了，
	向自己证实了，我怎么能够相信
	有这等的事！
玛塞勒斯	它像不像老王？
霍　拉　旭	就好比你像你自个儿。
	当年的老王，就是穿了这身盔甲
	跟野心勃勃的挪威王进行决斗。
	有一回，冰天雪地，谈判破裂了，
	他就是这么怒容满脸，痛击了
	波兰的雪车队。好奇怪啊！
玛塞勒斯	前两次，
	也挑着大地像死了一般的时辰，
	他威武地大踏步走过了我们的眼前。
霍　拉　旭	这回事究竟该怎么看，我不知道。
	可是我不免产生了朦胧的忧虑，
	只怕这是个预兆：我们这国家
	要发生非同寻常的变故了。
玛塞勒斯	请坐下吧。
	谁要是知道，就给我说个明白吧：
	为什么要布置这森严的岗哨，
	闹得军民们夜夜都不得安宁？
	为什么天天都赶着制造铜炮，
	还要向国外添购弹药和刀枪，
	征集了造船工，起早摸黑地干活，
	把一星期一天的礼拜日都给取消了，
	这淌着汗水的忙碌，把黑夜也拖来，
	和辛苦的白天做搭档——究竟为什么，

谁能说个明白呀？

霍　拉　旭　　　　　　　　　　我能够告诉你。
至少那流传的悄悄话是这么说的：
咱们的先王——刚才他还露过脸呢，
你也知道，当年被那气焰嚣张的
挪威的福丁布拉激怒了，立即
接受了他的挑战，就在那决斗中，
咱们英武的哈姆雷特（在这半个世界里，①
他的英名是无人不晓的）当场
杀死了福丁布拉，根据事先定立的
法规，和骑士制度认可的协定，
那倒下去，送了命的败者还得赔上
他全部的领土，归胜利者所有；
当然，先王这一边，也押下了一份
相当的土地作赌注，那土地将归
福丁布拉所有，要是他成了征服者；
正像同一条款所明文规定的，
他输了，他的土地归哈姆雷特没收。
如今，这小福丁布拉，血气方刚，
不可一世，在挪威边境，到处都
招兵买马，纠集了一批亡命之徒，
供他们吃喝，好驱使他们去干
向来就配他们胃口的冒险勾当，
他那份用心，我们看得很清楚，
无非要使用武力和强硬的手段，
从我们手里，夺回当年他父亲
丧失的土地。照我看，这就是为什么

---

① 在这半个世界里，直译为"在我们已知世界的这一边"，当指西半球而言，泛
指西欧各国。

21

我们紧张地备战的主要动机——
我们日夜戒备的缘故，也是
全国乱成一团的重要原因。

巴 那 多　我想，不为别的，就是这一个缘故吧。
怪不得亡灵向站岗的我们走来，
穿甲戴盔的，活像是老王，正因为
这冲突，过去和现在，都跟他有关。

霍 拉 旭　那一粒灰尘，却搅乱了我们的心眼儿。
正当罗马如日方中，在全盛时期，
盖世无双的恺撒，遇刺的前几天，
坟墓都裂开了，吐出了裹殓衣的尸体，
在罗马的大街小巷，啾啾地乱叫；
天上的星星，拖一条火焰的尾巴，
地下是血红的露珠。太阳变色，
支配着潮汐的月亮，满脸病容，
奄奄一息，像已到了世界末日。
大难临头，必出现种种征兆，
劫数难逃，少不了先有那警告；
如今上天下地，都一齐向我国，
向人民，显示出种种不祥的迹象，
重大的灾祸要降临了。

[阴魂自远处上]

别做声，瞧，
看哪，它又来啦！我不怕招来祸殃，
也要上前去拦住它！

（阴魂张开双臂）

留下来，幻影。
要是你也能开声口，说得出话，

22

快对我说吧。
要是我能为你做一些什么好事，
好让你在地下安心，我也积了德，
快对我说吧。
要是你预先知道了祖国的命运，
凭着你指点，也许能逃过了灾难，
那么快说吧！
要是你把生前搜括来的金银都埋进了
大地的肚子，听人说，你们这些阴魂
舍不下财宝。因而在半夜现形。
那就说吧。

（传来鸡啼声。阴魂后退）

别走，快说！拦住他，玛塞勒斯！

玛 塞 勒 斯 （惶恐地）
我能用我手里的长枪朝准它刺去吗？

霍 拉 旭 刺好了，如果它不站住。
（军士们持枪逼近阴魂）

巴 那 多 它在这儿！

霍 拉 旭 它在这儿！

[阴魂隐灭]

玛 塞 勒 斯 它走了。
咱们不该动刀动枪的，把这么
威严的亡灵得罪了。它就像空气，
刀枪伤不了；这一阵乱砍乱刺，
恶狠狠，却不过白费了劲，惹人笑。

巴 那 多 它正要开口说话了，公鸡就啼了。

霍 拉 旭 它吓了一跳，像囚犯听到了点名，
不由得胆战心惊。我听人说，

23

公鸡是向人间报晓的号角手，扯开了
它那高亢尖锐的嗓子，去唤醒
黎明的女神；一听到它发出警报，
不论在海里火里，在地下，在空中，
那些个擅自私下出游的幽灵，
一个个都赶紧钻回自己的地牢；
眼前这情景，证实了这么个传说。

玛塞勒斯　公鸡一啼叫，那幽灵就此消逝了。
有人说，年年在庆祝圣诞的节日
将要降临的前几天，这司晨的家禽，
就彻夜啼叫，据说，那些个阴魂；
就此给吓得不敢闯入到人世；
那时候，黑夜报平安，当空的星辰，
不带来无妄之灾，小仙子不作祟，
妖巫的符咒失了灵，那大好的时光
真是一派祥和，充满了圣洁。

霍　拉　旭　我也这么听说过，也有点儿相信。
可是瞧，清晨，披着紫绛色的纱衣，
踏着东边高山上的露珠儿，降临了。
咱们也可以下岗、解散了。依我说，
我们要把今夜看到的这一幕，去告知
小哈姆雷特；我深信不疑，这阴魂
对我们一言不发，可是会对他
开口说话的。你们可同意我这话：
以交情，论责任，咱们都该去告诉他。

玛塞勒斯　对啦！就这么办！今天早晨，
要找他，我知道最好到哪儿去找。

[同下]

24

第二景　丹麦宫廷

[喇叭齐声高奏。国王克劳迪斯挽
王后葛特露德上。王子哈姆雷特
（穿黑衣），大臣波洛纽斯，其子
莱阿提斯，大臣伏特曼，科尼留斯
及众人随上]

国　　王 （和王后同登宝座）
　　　　　亲爱的王兄哈姆雷特去世不久，
　　　　　固然是难以忘怀，压在我们心头的
　　　　　理当是悼念之情；全国臣民，
　　　　　不分上下，眉尖上聚结着一片悲戚；
　　　　　然而，理智在跟我们的天性较量，
　　　　　一方面，对去世的，有恰如其分的哀思，
　　　　　一方面，也忘不了生者应有的责任；
　　　　　因此我，跟当初的王嫂，如今的王后——
　　　　　这称雄的王朝平起平坐的女君主——
　　　　　想我俩，好比得欢乐中拥抱辛酸，
　　　　　仿佛一只眼报喜，另一只垂泪，
　　　　　含几丝笑意送葬，婚礼上唱挽歌，
　　　　　悲和喜，是半斤八两，平分秋色——
　　　　　我们俩已结为夫妇；事先也未曾
　　　　　疏忽了先听取各位的高见，多承
　　　　　一致拥护，并无异议，为种种一切，①
　　　　　特此申谢。
　　　　　　　　　　再说那少年福丁布拉，
　　　　　各位也知道，小看了我朝的实力，

---

① 为种种一切，当指娶王嫂为妻，和他的登基，朝廷众臣并未表示异议。

25

也许他还道先王去世了，这国家，
便没有人了，就此瘫痪了，瓦解了；
再加上他痴心妄想，自高自大，
只道大好的机会已来了，胆敢
向我朝投来了文书，竟提出要求
归还他父亲丧失的那一份土地，
全不顾那本是完全合理合法地
割让给我们英勇无比的王兄。
他的事，且讲到这里。

　　　　　　　　　　现在谈咱们吧：
此番把各位召集来，为的是这回事：
现有国书一封在此，要送交
挪威国王——小福丁布拉的叔父——
他年老体衰，卧病在床，全不知
他侄子的所作所为，居心何在——
在他的臣民中间招兵买马，
因此请挪威王管束他侄儿，不许他
再继续胡作非为，现在我派遣你
好科尼留斯，还有你，伏特曼，为特使，
把国书递交挪威的老王，可是，
你们和挪威王磋商，不得超越
这详细的训令所许可的范围。

　　　　　　　　（授予文件）再见了。
让马上动身，来表明你们的忠心吧。

科尼留斯⎫
　　　　⎬不论什么事，我们随时把忠心献上。
伏　特　曼⎭

国　　　王　我完全信得过二位。一路顺风吧！

　　　　　　　　　　　　　　［二大臣下］

现在，莱阿提斯，你有什么事情呢？——
你对我说，有一个请求，那是什么呢？

26

只要你说得有理，丹麦王决不会
听不进的。你有什么请求，莱阿提斯，
不等你开口，还不是我先答应你了？
要知道丹麦王室和你的父亲，
就像头之于心那样，共存共荣；
就像手对于嘴那样，乐于效力。
你要求的是什么呢，莱阿提斯？

莱 阿 提 斯　　　　　　　　　　　　　陛下，
求陛下恩准，容许我回到法兰西。
从法国，我一片诚心，赶回丹麦，
来参加陛下的加冕礼，尽为臣之道；
现在任务完成了，我不想隐瞒：
我心心念念地又在想念法兰西了。
伏请陛下宽恕我，又开恩俯允我。

国　　　王　你父亲答应了吗？波洛纽斯，你怎么说呀？

波 洛 纽 斯　陛下，他几次三番，苦苦地哀求，
到最后，硬是逼得我只好答应了，
给他的请愿，盖上我勉强的"同意"。
我这里向陛下请求了，就放他走吧。

国　　　王　去享受属于你的好时光吧，莱阿提斯，
愿你的美德，指引你不辜负青春吧。
（向默无一语的哈姆雷特）
可是来吧，哈姆雷特，我的侄子，我的儿子——

哈 姆 雷 特　（不答理，低头自语）
说亲上加亲，倒不如说是陌路人。①

国　　　王　怎么，还是让一片愁云笼罩着你？

哈 姆 雷 特　才不呢，殿下，太阳晒得我受不了。

----

① 亲上加亲，指国王在口头上，不仅称他侄子，而且说成了继子。陌路人，指
双方的感情，冰炭不能相容。

27

王　　后	好哈姆雷特，从愁云惨雾中摆脱出来，
	用友好的眼光，看待丹麦的君主吧；
	别老是低垂着眼帘，只想向黄土下
	去寻找你那高贵的父亲。你知道，
	这也是情理之常，有生必有死——
	总是从此生，过渡到那彼岸的永恒。
哈 姆 雷 特	是的，母亲，是很平常。
王　　后	既然是平常，
	为什么偏是你，却好像这么看不开呢？
哈 姆 雷 特	"好像"，母亲？不，就是这回事呀。
	我不懂得什么叫"好像"。好母亲，
	尽管我披一件墨黑的外套，哪怕是
	我遵照礼节，穿一身黑色的丧服，
	从沉重的胸中吐出一声声哀叹，
	不，哪怕我泪珠儿像滚滚的江水，
	也不管我愁眉不展，一脸的憔悴，
	从内心到外表，都被哀痛压倒了，
	都没法表白真实的我。这么说，
	倒真有些"好像"了——像这些，是人人都能
	扮演的姿态啊。可是我内心的痛苦，
	想装也装不成呀——那装模作样，
	无非是悲哀的虚有其表的装饰品！
国　　王	哈姆雷特，你克尽为子之道，为父亲
	致哀尽孝，足见你天性的淳厚，
	大可称道。可你要知道，你父亲
	也曾失去过父亲，那失去的父亲
	又曾失去了他的——后死者理该
	尽孝心，有一段悲戚哀悼的时期。
	可是，那无休无止的哭哭啼啼，
	却只能是违反天意人情的固执了，

失落了男子汉的气概；这可表明了
不听天由命的任性，简单的头脑，
一颗经不起考验的心，加上了
缺少忍耐的性子，没一点教养；
既然都知道这是人生所难免的，
像日常的吃啊穿啊那么地平常——
那么为什么我们偏要赌着气，
耿耿于怀呢？哎哟，真是罪过呀！——
对上天，对死者，对人性，都是罪过啊；
对理性，更显得荒谬了——父亲去世了，
理性看得很平常，它始终在高喊——
从最早归天的亡灵直喊到今天
老父刚去世："就是这么一回事！"
我求你，快把于事无补的悲伤
都抛到九霄云外；就把我认作
你的父亲吧。我要让天下都知道：
你，是我王位的最直接的继承人；
我将给你的高贵的父爱，不差于
世上最慈爱的父亲疼爱他亲儿子。
至于你打算要回到威登堡大学，①
这可不合我本人的心意；请听从
我们的劝告，留下来吧，我们好欣慰地
眼看你，我的爱侄，我的王子，
成为我朝廷的首席大臣。

王　　后　　　　　　　　　　　哈姆雷特，
别让你母亲的恳求，落了空；请留在
我们的身边吧，别再到威登堡去了。

---

① 威登堡大学为当时欧洲著名学府，初创于 1502 年，当时丹麦学子出国游学，很多去威登堡大学进修。

哈 姆 雷 特　我就尽量听从你的话吧，母亲。

国　　　王　这就对了，好一个有孝心的回答！
　　　　　　待在丹麦，跟我们做一家人吧。
　　　　　　王后，来吧。哈姆雷特有情义，
　　　　　　顺从我们，真乐得我心花怒放。
　　　　　　为了表示庆祝，今晚，丹麦王
　　　　　　每一回举杯祝饮，鸣一次礼炮，
　　　　　　高响入云，把国王的宴席上的欢呼
　　　　　　向天庭传送，让天上应和着地下——
　　　　　　那一阵阵欢声雷动。来吧。

　　　　　　　　　　　　〔号角齐鸣。国王挽王后下，
　　　　　　　　　　　　　　除哈姆雷特外，众下〕

哈 姆 雷 特　唉！但愿这一副——这一副臭皮囊 *
　　　　　　融化了，消散了，化解成一滴露水吧！
　　　　　　又但愿永恒的天意，并没有定下了
　　　　　　严禁自杀的戒律。上帝呀，上帝！
　　　　　　在我看来，人世的一切，多么地无聊，
　　　　　　多么地腐败乏味，一无是处啊！
　　　　　　呸，呸，这是个荒废了的花园，
　　　　　　一片冷落，那乱长的荆棘和野草，
　　　　　　占满了整个园地。想不到居然会
　　　　　　落到了这一步！才不过死了两个月——
　　　　　　不，还不到呢，还不满两个月——
　　　　　　多么好的一位国王，比起这一个来，
　　　　　　简直是太阳神对半人半兽的精怪；
　　　　　　待我的母亲，又这么恩爱，甚至

----

* "这一副臭皮囊"，此句现代版本多作 "this too too sullied flesh"。较早的中译
本多依据 "第 1 对开本" "... solid flesh" 译作 "结实的肉体"。关于 "sullied"
（"第 2 四开本"），"solid" 两词的依违取舍，英美学者意见纷纭，根据王子的
悲剧性格，译者认为以前者为是（见前言）。

30

不许天风吹痛了她的嫩脸蛋。

天在上，地在下，我非得记住这一切？

记得当初，她偎依在他胸怀，她简直

越尝到滋味越要尝，越开了胃，

谁知不出一个月——不想它也罢，

"脆弱"啊，你的名字就叫"女人"！——

短短一个月，她哭得像泪人儿一般，

给我那可怜的父亲去送葬，她脚下

穿的那双鞋，还一点没穿旧呢——哎哟，

她就——老天呀，哪怕无知的畜牲

也不会这么快就忘了悲痛——她就

嫁给了我的叔父——我父亲的兄弟，

可是跟我父亲，天差地远，就像

我不能跟赫克勒斯比。不到一个月，①

等不及她那假心假意的眼泪干了，

等不及哭红了的眼睛，消去了红肿，

她就改嫁了——无耻啊，迫不及待！

急匆匆地，一下子钻进了乱伦的被子！

这不是好事，决不会有什么好结果。

（听得有人声）

碎了吧，我的心；可是我必须闭上嘴。

[霍拉旭，玛塞勒斯及巴那多上]

霍　拉　旭　向殿下请安。

哈姆雷特　　　　　很高兴看到你很好。

　　　　　正是霍拉旭，我忘了自己，也忘不了你。

霍　拉　旭　正是他，殿下的忠心不变的仆人。

――――――――――

① 赫克勒斯（Hercules），古希腊罗马神话中魁伟的大力神。

哈 姆 雷 特	好朋友——咱们快换上"朋友"这称呼吧。
	你离开威登堡有什么事呢，霍拉旭？——
玛 塞 勒 斯	好殿下。
哈 姆 雷 特	看到你，我很高兴。
	（向巴那多）下午好，朋友——
	可是你，究竟为什么离开了威登堡呢？
霍 拉 旭	无非是为了偷懒，想逃学吧，好殿下。
哈 姆 雷 特	我可不愿听到你仇敌在这么说你，
	也不让你冲着我耳朵说得多难听，
	硬是要它接受你对自己的糟蹋。
	你不是那种偷懒的人，我知道。
	可是你来到埃尔西诺有什么事儿吗？
	趁你还没走，我要跟你痛饮一番。
霍 拉 旭	殿下，我此来参加你父王的葬礼。
哈 姆 雷 特	老同学啊，请你不要这么挖苦我吧，
	我想你是来参加我母后的婚礼吧。
霍 拉 旭	倒也是，殿下，婚礼和葬礼跟得紧。
哈 姆 雷 特	图方便，图方便，霍拉旭。丧礼上吃剩的
	凉了的烤猪肉，就端上了吃喜酒的筵席。
	我宁可去天上面对我的死对头，
	也不愿亲眼目睹那一天，霍拉旭！
	我的父王——我想我看见了父王。
霍 拉 旭	在哪儿，殿下？
哈 姆 雷 特	在我的心眼里，霍拉旭。
霍 拉 旭	我曾见过他一次，好一位国王！
哈 姆 雷 特	他是个男子汉，怎么看，他都是好样的；
	再也看不到第二个他那样的人物了。
霍 拉 旭	殿下，昨晚上我想我看到了他。
哈 姆 雷 特	看到了？谁呀？
霍 拉 旭	殿下，看到了你父王。

哈姆雷特	我的父王？
霍　拉　旭	别吃惊，请镇定一下。
	且听我说一说——有这里的两位，
	能为我作证——有这么一件怪事儿——
哈姆雷特	看在老天的分上，快说给我听吧！
霍　拉　旭	接连两夜，这两位守岗的军人，
	玛塞勒斯和巴那多，在深更半夜，
	那一片死寂的时辰里，望见了他——
	一个像你父王的身影，毫不含糊地，
	从头到脚，全副武装，出现在
	他们的眼前，姿态庄严，从容不迫，
	迈着大步走过去——当着他们的
	惊慌失措的眼睛前，三次走过了
	他们的身边，接近得他手持的宝杖 ①
	够得到他们；直吓得他们全身都
	瘫痪了，不中用了，剩下软绵绵的一堆；
	目瞪口呆，不敢冲着他吭一声。
	他们惴惴不安地，私下告诉我
	有这么一回事；第三夜，我陪同他们，
	一起去守夜，正像他们所说的，
	就在那时分，出现了这么个形状，
	字字句句都不差分毫——只见它，
	那阴魂，又来了。我认得你的父王——
	就连我这双手，也不能彼此更相像了。
哈姆雷特	在哪儿见到它的呢？
霍　拉　旭	殿下，就在我们守夜的平台上。
哈姆雷特	你对它说话了没有？
霍　拉　旭	殿下，我说了。

---

① 宝杖，原文是"truncheon"，系标志权威的短棒。

可是它并没有回答。不过我觉得
好像它终于抬起头来，那神态，
仿佛它要开口说话了；可正这时候，
只听得报晓的公鸡扯开了嗓门，
一声啼叫，它就此慌忙缩回去，
顿时就无形无踪了。

哈 姆 雷 特　　　　　　　　　　　　这可是怪了。

霍　拉　旭　这可是当真不假啊，我尊敬的殿下，
　　　　　　就像我活着一般。我们都认为
　　　　　　按条文规定，我等的职责所在，
　　　　　　理该报与殿下知道。

哈 姆 雷 特　就是啊，朋友们——可我心里很不踏实。
　　　　　　你们今晚上还守夜吗？

众　　　　人*　　　　　　　　　　　是的，殿下。

哈 姆 雷 特　听你们说，是披甲戴盔吗？

众　　　　人　披甲戴盔，殿下。

哈 姆 雷 特　从头到脚，全副武装吗？

众　　　　人　殿下，是从头到脚。

哈 姆 雷 特　那么说，你们没看见他的脸？

霍　拉　旭　看见的，殿下，他把脸罩掀起了。

哈 姆 雷 特　他神情怎么样？皱紧着眉头吗？

霍　拉　旭　那神情说是愤怒，不如说是悲痛；

哈 姆 雷 特　那脸色，是灰白还是红？

霍　拉　旭　可不，很苍白。

哈 姆 雷 特　　　　　　　　　　两眼盯着你看吗？

霍　拉　旭　直盯着我看。

哈 姆 雷 特　　　　　　　　　可惜啊，我没有在场。

---

* 众人（ALL）据"四开本"。有些版本作"玛，巴"，不包括霍
　拉旭；但当晚霍拉旭将和他们一起参加守夜。

34

霍　拉　旭　说不定你会大大地受惊的。

哈姆雷特　　　　　　　　　　　　　　也难说。
　　　　　　它待了好一会儿吗？

霍　拉　旭　数得不太快，可以计数到一百。

玛塞勒斯
　　　　　⎫
巴　那　多⎭　待得还要长些——还长些吧。

霍　拉　旭　长不了——我是说在我看到它之后。

哈姆雷特　它的胡子花白了吧——不是吗？

霍　拉　旭　正像我在先王生前看到的那样，
　　　　　　乌黑里镶嵌着银丝。

哈姆雷特　　　　　　　　　　我今晚去守夜，
　　　　　　说不定它还会出现。

霍　拉　旭　　　　　　　　　　我保证会出现。

哈姆雷特　要是它借着我高贵的父王的形象，
　　　　　　我一定要对它说话——哪怕地狱
　　　　　　裂开了口，禁止我出声。求各位啦，
　　　　　　要是你们到现在，还没把所看到的
　　　　　　泄露出去，那就继续封住它，
　　　　　　保持你们的沉默吧。不管今晚上
　　　　　　会闹出什么事，心里明白也就是了，
　　　　　　不必放在嘴上。我自会报答你们的。
　　　　　　就在平台上，十一点到十二点之间，
　　　　　　我会来找你们。

众　　　人　　　　　　　听从殿下的意旨。

哈姆雷特　说"友谊"吧，我对各位也这样。再见了。

　　　　　　　　　　　　　　　　　[三人鞠躬下]

　　　　　　我父王的阴魂——披甲戴盔！好蹊跷啊！
　　　　　　莫非有隐瞒的罪孽吧。黑夜快来临吧。①

————————

① 意谓阴魂出现，应是要向人间揭示不为人知的罪恶。

耐性吧，坏事儿总有暴露的一天，
哪怕盖上了厚土，不许它露眼。

[下]

第三景　室内

［莱阿提斯和其妹奥菲丽雅上］

莱阿提斯　我一应行李都装上船了；再会了。
妹妹，只要有顺风，有便船来往，
别贪睡，写几行字，也好让我得知
你的近况。

奥菲丽雅　　　　你不放心我吗？

莱阿提斯　说到哈姆雷特，他献上一连串小殷勤，
只当是学时髦的小伙子逢场作戏；
一朵早春的紫罗兰，开得早，谢得快，
香了一阵子，不长久，很快就散失了。
甜蜜的情意，不过是一时的逗乐——
就这么一回事。

奥菲丽雅　（不能接受）不过是"就这么一回事"？

莱阿提斯　别把它当作一回事。一个人的成长，
不只是添筋肉，长骨骼，那"庙宇"扩大了，①
责任感，事业心，也随着加重、加深了，
也许他目前是爱你的，还没有俗念、
欺诈玷污他无邪的心地；可是，
你得提防啊，多想想他崇高的地位吧，
他作不了自己的主，因为他得受
自己的身份的约束；他做不到

---

① 庙宇，指供养性灵的肉体。

36

像平民百姓般由着自己的心意，
爱怎么样就怎样。他作出一个选择，
先得考虑国家的安危和利益。
他是首脑，他这样那样的选择，
必须要听取"躯体"各部分的意见，①
取得他们的赞同。他说他爱你，
你可得保持清醒啊：他这话究竟
有几分说到做得到——处在他地位上，
容不得他的一举一动超出了
丹麦的朝野的舆论所认可的范围。
如果你耳根子太软，听着他献上
求爱的情歌，心神动摇了，听凭他
冲动地苦求胡缠，竟为他打开了
童贞的宝库；那么你好好想想吧，
你会蒙受多大的耻辱。奥菲丽雅，
留神啊，我的好妹妹，你得留神啊，
可不许让七情六欲来制服你。
要拿定主意，守住了你的清白；
自爱的姑娘，如果向月亮袒露了
她肉体的美，那也就放荡得可以了。
冰清玉洁，都逃不过恶口毒舌的
肆意中伤。青春的嫩芽还没有
把花蕾开放，往往被毛虫摧残了；
朝霞般晶莹的青春，怕的是一瞬间
卷起了天昏地暗的恶风瘟雨。
要小心啊，只有战战兢兢最安全，
哪怕没眼前的诱惑，青春也会
造自己的反呢。

---

① 当时常以人体结构比作国家机构。

奥 菲 丽 雅	我一定要把这一番

好教训记住了，让它看守住我的心。
可是好哥哥，千万别学那坏牧师，
只管指点我一条上天堂去的
陡峭的荆棘路；自己却像个浪荡子，
只知道寻欢作乐，只顾得流连在
花街柳巷，忘却了自己的规劝。

莱 阿 提 斯　别为我担心吧，我耽搁太久了。你瞧，
父亲来啦。

　　　　　　　［波洛纽斯上］

两次祝福带来了双重的吉利，
好运，冲着第二次告别，在微笑呢。

波 洛 纽 斯　还没走，莱阿提斯？不像话，上船去！上船去！
好风正息在帆顶上要送你启程，
人家都在等候你呢。（把手掌按在儿子头上）
好吧，我为你祝福。
有几句训诫，你可得牢记在心啊：
不要心里怎么想，嘴里就怎么说，
也不可不假思索，想怎么就怎么干。
待人要随和，可决不能勾肩搭背；
做你的朋友，交情经过了考验，
就该用钢圈把他们在心灵上箍牢；
不要只知道去应酬那初出茅庐、
羽毛未干的阔少，把手掌都磨破了。①
留神啊，别轻易跟人吵起来，可一旦
吵开了，就要让对方知道你、认识你。

---

①　指由于频频握手，手掌皮都磨破了。

要多听每个人的意见，少开你的口；
有批评，要接受；可保留你自己的判断。
衣着要考究——只要你荷包里有钱；
不追求标新立异，富丽而不招摇，
要知道，一个人的穿着表明了他人品，
这方面，首推那法国的名流要人——
最有讲究，最显得高雅大方。
不向人借钱，也不把钱借给别人。
借出去，往往丢了钱，还丢了朋友；
伸手借钱呢，会忘了钱要省着用。
这一点最重要：——必须要忠实于自己，
就像那黑夜随着白天而来，
对自己忠实了，对别人就不会不忠实。
再会吧，愿祝福和这番话保佑你。

莱 阿 提 斯	父亲大人，孩儿这就告辞了。
波 洛 纽 斯	去吧，时间在催你，仆人们在守候你。
莱 阿 提 斯	再会吧，奥菲丽雅，你要好好记住了 我对你说的话啊。
奥 菲 丽 雅	你的话都锁在我心里， 那钥匙就由你替我保管好了。
莱 阿 提 斯	再会吧。

[下]

波 洛 纽 斯	怎么，奥菲丽雅，他跟你说了些什么呀？
奥 菲 丽 雅	回父亲的话，谈到了哈姆雷特殿下。
波 洛 纽 斯	嗯，倒是想得周到。 我听人家说，他近来常把闲工夫 都花在你身边；而你呢，有求必应， 他一次次上门，你乐于一次次奉陪， 要真是这样——人家就这么跟我说， 也无非为了好留意些——那我得对你说，

39

你还不清楚该怎样做我的女儿，
爱你自己的身份。你们俩之间，
是什么关系，要给我把实话说清楚。

奥 菲 丽 雅　父亲，他近来一再向我献上了
他的一片真情。

波 洛 纽 斯　真情？呸，你说话真像是一个
黄毛丫头，不知道这花言巧语中
隐藏着危险的陷阱。你就这么
相信他献上了真情——正像你所说的？

奥 菲 丽 雅　父亲，我不知道究竟该怎么想。

波 洛 纽 斯　好，我就教你吧。你给我这么想：
你是个小娃娃，他"献"上什么，你都
受下来，只当是真的，不懂得是假货。
"显"出你自己的身价吧——可怜这字眼儿，
一口气连说好几回，接不上气了。——
否则，只怕你要"献"丑了，给我"献"上
一个小傻瓜！

奥 菲 丽 雅　　　　　　　　　父亲，他向我求爱
是正大光明的追求。

波 洛 纽 斯　　　　　　　　　给你说对了，
他只想把你追到手呀。算啦，算啦。

奥 菲 丽 雅　父亲，他为了表明自己的心迹，
对着天，把一切山盟海誓都说尽了。

波 洛 纽 斯　对啊，布下了陷阱，好捕捉傻山鹬，
我还不知道吗？——欲火烧起了烈焰，
丢了魂，就但凭舌尖去花言巧语地
发假誓。这一片欲火，多的是红光，
小丫头，缺的是热量；许你长，许你短，
话音刚落，却已是烟消云散了。你千万
别以为这烧的是真火。从今以后，

少给我亮出你黄花闺女的这张脸，
多抬高你千金之躯的身价，可不能
听得他一声召唤，就笑脸相迎。
哈姆雷特殿下，你要明白，还很年轻，
他，你不能比，活动在更自由、
更宽广的天地；总而言之，奥菲丽雅，
别相信他的盟誓，那不过是牵线，
外表的洁白不就是内心的色彩；
施展出一套又一套小手段，无非想
拖人下水，去干那非礼的勾当。
口头上，鸨母也能够讲天理良心，
为了更好地欺骗人。干脆一句话，
跟你说明白了：从今以后，不许你
糟蹋闲工夫，去跟哈姆雷特殿下
有一言半语的来往和交谈。记住吧，
给我留点儿神吧。你可以走了。

奥 菲 丽 雅　（哀怨地）

我一定听从你的吩咐，父亲。

［同下］

第四景　城堡平台上

［哈姆雷特，霍拉旭，及玛塞勒斯上］

哈 姆 雷 特　好冷的天气，好尖利的寒风啊！
霍 拉 旭　这凛冽的寒风，只想咬你一口似的。
哈 姆 雷 特　什么时辰了？
霍 拉 旭　　　　　　　恐怕还不到十二点。
玛 塞 勒 斯　不，已敲过了。
霍 拉 旭　　　　　　　是吗？我可没听到。

41

那么时候快到了，按照老规矩，
阴魂又要出现了。

（远处传来喇叭齐奏声，鸣炮声）

这是怎么一回事呀，殿下？

哈姆雷特　　今晚上，国王要闹通宵，安排下盛宴，
大吃大喝，还大跳疯狂的日耳曼舞，
他每次干了一大杯莱茵河葡萄酒，
就响起了定音鼓和喇叭的齐奏声，
为主上的洪量而欢呼。

霍　拉　旭　　　　　　　　　　一向是这样吗？

哈姆雷特　　怎么不是呢。
虽说我土生土长，从小看惯了
这风俗习惯，可是依我说，这习俗
遵守它，不如破除它来得更体面。
这昏头昏脑的狂饮纵乐，招来了
东西各国纷纷的非议和诋毁——
他们叫我们做酒鬼，用瘟猪一类的
可耻的绰号加在我们的头上，
我们有成就，哪怕多崇高，多伟大，
也为之而黯然失色，没人夸声好。
拿个人来说，不往往也是这样？
有些人，品性上有些小小的瑕疵，
由于是天生的（那就怪不得他们，
一个人的本性没法由本人来挑选啊），
也或许某一种气质畸形的发展，
失去了分寸，到不近情理的程度；
又或许养成了一种不良习惯，
扭曲了本该是值得称道的举止——

这些人就打上了一种缺点的印记
（可看作天然的胎记，或命运的注定）
他本来的德性，不管多纯洁，多美好，
不管那美德让人说不尽这许多；
可是在一片纷纷的责难声中，不免被
那一个污点沾染了，就此给抹了黑，
就为了一点儿病根子，高贵的品质
往往整个儿地全给抵消了，只落得
受人们的冷笑。

[阴魂在远处出现]

霍 拉 旭　　　　　　　瞧，殿下，它来啦。
哈姆雷特　仁慈的天神和天使，保佑我们吧！
　　　　　（一步步向阴魂走去）
不管你是精灵，还是万恶的妖魔，
带来了天风，还是地狱里的狂飙，
不管你居心不良，还是慈悲为怀，
你这副模样形状，好叫人猜疑！
我非得跟你说话不可。我就叫你
"哈姆雷特"，称呼你丹麦的君主，王上，
父亲；回答我吧！别蒙我在鼓里，憋死我。
快跟我说吧：为什么已举行过葬礼，
入土为安，你却又把寿衣挣破了？
分明埋下你尸骨，已封没的墓穴，
为什么又裂开了沉重的大理石牙床，
把你又吐了出来？这为的是什么？——
你这副尸骨又全身披甲戴盔，
踏碎了寒月的清光，重返大地；
黑夜变得阴森森，叫我们一个个

43

傻瓜似的目瞪口呆，心惊肉跳，
我们的灵魂猜不透这可怕的神秘！
快说吧，这为的什么，你要干什么？
你叫我们怎么办？

（阴魂向他招手）

霍　拉　旭　它在向你招手，要你跟着他走，
好像它有什么重要话只能对你
一个人说。

玛 塞 勒 斯　　　　看他的举动，有礼貌，
挥着手，招呼你到远一些的地方去。
可是你去不得啊！

霍　拉　旭　　　　　　　千万不能跟他走！

哈 姆 雷 特　他不肯开口。我只能跟着他走了。

霍　拉　旭　别去，殿下！

哈 姆 雷 特　　　　哎哟，有什么好怕的？
我早把这条命，看得还不如一枚针；
至于我灵魂呢，它能拿我怎么样？
我那灵魂跟这阴魂不同样是不灭的吗？——

（阴魂再次招手示意）

它又在招呼我上前去，我要跟他走！

霍　拉　旭　殿下，万一他把你引向了浪潮呢？
或者领你到悬崖峭壁的顶峰上，
俯视着汹涌的大海，于是它变成了
狰狞的厉鬼，吓得你魂不附体，
丢失了理智，发了疯，那可怎么得了？
想想吧，一旦身临其境，不说别的，
只消看一眼万丈下那一片怒海，
耳听得浪涛的一阵阵咆哮，那时候，

44

莫名的恐怖就一下子主宰了你。

　　　　　　　　　（阴魂再次招手示意）

哈 姆 雷 特　它还在招呼我呢。

　　　　　　　　　（向阴魂）带路吧，我跟你走！

玛 塞 勒 斯　（一把拉住王子）

　　　　　　去不得呀，殿下！

哈 姆 雷 特　　　　　　　放开你的双手！

霍 拉 旭　（也拖住王子）

　　　　　　听劝吧，去不得啊！

哈 姆 雷 特　　　　　　　　　我的命运在呼唤，

　　　　　　我周身每一条微细的血管，都绷紧得

　　　　　　像一头雄狮的筋脉。

　　　　　　　　　（阴魂又招手示意）

　　　　　　　　　　　　　　它还在招呼我呢，

　　　　　　放开你们的手，大爷们。（挣脱他们）

　　　　　　　　　　　　　　老天爷，

　　　　　　谁拦住我去路，我叫谁变成鬼。

　　　　　　给我走开吧！

　　　　　　　　　（向阴魂）你带路，我后面跟上来。

　　　　　　　　　　　　　　　　　［随阴魂远去］

霍 拉 旭　幻想主宰了他，他不顾一切了。

玛 塞 勒 斯　咱们得跟上去，不能听他的话。

霍 拉 旭　跟上去吧。谁知道会落到怎么个结局！

玛 塞 勒 斯　丹麦这王国有不可告人的丑事。

霍 拉 旭　一切由天意安排吧。

玛 塞 勒 斯　可不，咱们跟住他走吧。

　　　　　　　　　　　　　　　　　　　　［同下］

第五景　城堡最高处的平台

［哈姆雷特随阴魂上］

哈 姆 雷 特　你要领我到哪儿去呀？说吧，我不走了。

阴　　　魂　听我说。

哈 姆 雷 特　　　　　我听着。

阴　　　魂　　　　　　　　　我的时间快到了。
　　　　　　时辰一到，我就得赶回去，跳进那
　　　　　　硫黄的烈焰，去受尽炼狱的煎熬。

哈 姆 雷 特　唉，可怜的亡魂。

阴　　　魂　　　　　　　　不要你可怜，
　　　　　　只消你好好地听着我向你诉说的话。

哈 姆 雷 特　快说吧，我哪有不听的道理啊。

阴　　　魂　你听我说完了，也同样没有理由
　　　　　　不为我报仇雪恨。

哈 姆 雷 特　　　　　　　　你说什么呀？

阴　　　魂　我是你父亲的亡魂，受到的惩罚是
　　　　　　在一段时期内，夜夜在人世游荡，
　　　　　　白天，空肚子去忍受烈火的烧烤，
　　　　　　直到我生前的罪孽都在烈火里
　　　　　　烧个干净。可是地狱里的禁令
　　　　　　不许我泄露秘密，要是我能把
　　　　　　那里的亲身遭遇讲一下，只一句话，
　　　　　　就吓破你的胆，冻结了你青春热血，
　　　　　　叫你的双眼，流星般跳出了轨道，
　　　　　　一束束纠结的鬈发，一根根都分开，
　　　　　　都直竖起来，像愤怒的豪猪矗竖着
　　　　　　一身刺毛——可是那永劫的内情，
　　　　　　怎么能向血肉之躯的耳朵细诉！

　　　　　　　　　听着，听着，听我说！如果你也曾
　　　　　　　　　爱过你亲爱的父亲——

哈姆雷特　　　　　　　　　　　　啊，上帝！
阴　　　魂　他惨遭谋杀，你就得替他报仇！
哈姆雷特　谋杀！
阴　　　魂　说得最好听，也是最恶毒的谋杀——
　　　　　　　就数这谋杀，最恶毒，最骇人听闻，
　　　　　　　最伤天害理！
哈姆雷特　　　　　　　　快说呀，快让我知道！
　　　　　　　我要啊，张开翅膀，飞快地，像思想，
　　　　　　　像对亲人的怀念，那么迅猛地
　　　　　　　扑过去报我的仇！
阴　　　魂　　　　　　　　　你敢作敢为；
　　　　　　　如果这一宗谋杀案，不能够叫你
　　　　　　　热血沸腾，那你真是比随意地
　　　　　　　丛生在忘川边的野草，还要迟钝了。①
　　　　　　　现在，哈姆雷特，且听我说吧。
　　　　　　　我突然死亡，对外界，是这么宣布的：
　　　　　　　我正在花园里午睡，给一条毒蛇
　　　　　　　咬了一口。这恶毒地捏造的谎言
　　　　　　　把整个丹麦王国都蒙在鼓里。
　　　　　　　可是你，品德高尚的青年，要知道：
　　　　　　　咬死你父亲的那条“毒蛇”，他头上
　　　　　　　正戴着王冠。
哈姆雷特　　　　　　　我未卜先知的心灵啊！②
　　　　　　　我的叔父？

---

① 忘川（Lethe），冥府的河流，饮下忘川水，能使人忘却生前的一切。
② 未卜先知（Prophetic），指哈姆雷特一眼看透了他叔父的本性，不是指他早已
　　识破这一起谋杀案。

阴　　魂　　正是那一个乱伦通奸的禽兽！
　　　　　　狐狸般狡猾，天生有一肚子奸诈，
　　　　　　诡计多端，施展出诱惑的手段
　　　　　　勾引人，是他的本领。为了满足他
　　　　　　无耻的兽欲，把我那模样儿最正经的
　　　　　　王后骗上了手。唉，哈姆雷特，
　　　　　　这人心的堕落，叫我怎么说好呢！
　　　　　　我把我对她的爱，看得那么重，
　　　　　　始终信守着当初婚礼上我对她
　　　　　　立下的盟誓；谁想她毫无珍惜地
　　　　　　把自己交托给这么个人，比起我，
　　　　　　人品，仪表，各方面都天差地远！
　　　　　　贞洁永远不会受诱惑，哪怕
　　　　　　淫欲假扮成天仙来向她求欢；
　　　　　　淫荡，即使跟光明的天使做配偶，
　　　　　　天堂的婚床，也会叫她倒了胃口，
　　　　　　只想到垃圾堆去狼吞虎咽。
　　　　　　且慢，我好像嗅到了清晨的气息，
　　　　　　说得简短些吧。我正在花园里睡觉——
　　　　　　每天下午，我照例要睡一会儿，
　　　　　　正当我无忧无虑的，正自好睡；
　　　　　　你叔父，手拿着一小瓶致命的毒草汁，
　　　　　　悄悄地走近来，把我的耳朵当作了
　　　　　　方便的通道，把毒汁全灌下了；
　　　　　　那浓液，麻风病般可怕，碰上了血液，
　　　　　　是势不两立的克星，像水银一般
　　　　　　无孔不入，一下子流遍了周身的
　　　　　　门户关节；猛烈的药性，叫流动
　　　　　　畅通的血脉，顿时凝住了，就像
　　　　　　酸汁滴进了牛奶，结成了硬块；

那毒药，一进入我体内，就是这光景；
我统体光滑的皮肤，顿时就出现
一大片疹疮，像染上麻风病似的，
只见周身布满了鳞片似的硬皮屑。
就这样，在睡梦中，我被兄弟的那只手，
一下子夺去了生命，王冠，和王后。
来不及临终忏悔，涂圣膏，受赦礼，
我一生所作所为，来不及向上帝
作一个交代——可怜我，一笔糊涂账，
一身的罪孽，就这么给砍断了命根子。

哈姆雷特　啊，可怕！啊，可怕！真可怕呀！ *

阴　　魂　要是你天性还在，能容忍这一切吗？
不许把丹麦王宫的御床，糟蹋成
荒淫无耻、恣意乱伦的窝巢。
可是，不论用什么手段去复仇，
决不可玷污你的动机，也不必
去追究你母亲。让上天处置她吧，
她的良心，自会像长满了荆棘似的
受到日夜的刺痛。
　　　　　　　　　我们得分手了。
萤火虫的点点火光，暗淡下去了，
黎明眼看就来到。再会了，再会了，
再会吧。要记住我啊！

　　　　　　　　　　　　　　　　［阴魂隐灭］

哈姆雷特　（扑倒在地，呼号）
噢，天上的诸神啊！大地啊！还有呢？——

---

* 三种原始版本都把此行归给阴魂。约翰生首先提出归给王子更合情理，有许多
　编者（如基特勒奇）从之；一些饰王子的著名演员如盖立克，欧文等都念了这
　一行。从舞台效果而言，这样改动确是起了很好的烘托作用。

还得向地狱呼吁吗？要挺住，要挺住，
我的心！周身的筋肉，别一下子垮掉啊，
要硬是把我支撑起来！

（摇晃地站立起来）记住你？
当然！可怜的阴魂，只要我还不至于
昏头昏脑，把我的记忆都丧失了。
记住你？当然！我要把印在我心版上
无关紧要的无聊的记录，都抹掉，
一切书本上的格言，形形色色的、
少年时所见所闻，所留下的印象，
统统都抹掉，只留下你对我的告诫，
像印在书本上那样，印进我脑海。
没有半点儿掺杂。愿上天作证吧！
哼，好一个邪恶的女人！
哼，奸贼，奸贼，脸上堆笑的
十恶不赦的奸贼！我的记事本呢？
这一点我该记下来：别瞧有的人
笑嘻嘻，笑嘻嘻，原来他是个大恶棍！——
至少，我敢说，在丹麦，就是这样的。

（写进记事本）

好，叔父，我把你记下来了。现在，
再记下我自己的铭句："再会了，再会了，
要记住我啊！"（下跪，举手起誓）
我立下誓言了。

［霍拉旭，玛塞勒斯自远处呼号上］

霍 拉 旭 殿下！殿下！
玛 塞 勒 斯 哈姆雷特殿下！
霍 拉 旭 上天保佑他吧！

哈 姆 雷 特 （自语）但愿如此。

玛 塞 勒 斯 喂，喂，喂，殿下。

哈 姆 雷 特 喂，喂，喂，伙计。来，鸟儿，来吧！

玛 塞 勒 斯 （自远而近）怎么啦，高贵的殿下？

霍 拉 旭 （走近）有什么可说的吗，殿下？

哈 姆 雷 特 哎哟，不得了！

霍 拉 旭 好殿下，跟我们说一说吧。

哈 姆 雷 特 不行，你们会泄漏出去。

霍 拉 旭 老天在上，我不会的，殿下。

玛 塞 勒 斯 我也不会，殿下。

哈 姆 雷 特 那么你们说，谁想得到有这回事——
可你们能保守秘密吗？

霍 拉 旭 ⎫
玛 塞 勒 斯 ⎭ 老天在上，能做到，殿下。

哈 姆 雷 特 在整个丹麦，没有哪个坏蛋
不是十足的恶棍。

霍 拉 旭 殿下，这可用不到鬼魂从坟墓里
钻出来告诉我们啊。

哈 姆 雷 特 　　　　　　　　　对啊，你说对了。
所以我不必转弯抹角地多说了，
我看最好是大家握下手，分手吧。
你们按你们的意思干你们的事吧——
因为各人有各自的事儿和考虑，
事实也这样——至于我，说也可怜，
我要去做祷告了。

霍 拉 旭 殿下说话，怎么是没头没脑的？

哈 姆 雷 特 真抱歉，我说话冒犯了，我打从心底里——
可不，打从心底里抱歉。

霍 拉 旭 说什么"冒犯"呀，殿下。

哈 姆 雷 特 不，凭圣徒的名义，我冒犯了，霍拉旭，

而且是严重的冒犯。说到那幽灵，

我可以告诉你们，是正派的阴魂。①

你们想知道，它和我之间有了些

什么事，只好请你们暂且忍耐一下了。

现在，好朋友，你们是朋友，是学者，

是军人，请答应我小小的一个请求。

霍　拉　旭　　是什么要求，殿下。我们答应就是了。

哈姆雷特　　今晚看到的，绝对不能传出去。

霍　拉　旭
　　　　　　　　殿下，我们不会的。
玛塞勒斯

哈姆雷特　　不，要发誓才算。

霍　拉　旭　　说真心话，殿下，我决不会。

玛塞勒斯　　我也决不会，殿下，说良心话。

哈姆雷特　　（倒持佩剑，伸过去）

　　　　　　把手按在我的剑柄上吧。②

玛塞勒斯　　殿下，我们已经发过誓了。

哈姆雷特　　我就是这意思，按着我的剑柄起誓吧。

（地下传来阴魂的呼喊声："起誓吧！"）

哈姆雷特　　（向地面）

　　　　　　啊哈，伙计，你也是这么说吗？你在

　　　　　　地下吗，我的好人儿？

　　　　　　来吧，你们没听见地窖里这家伙吗？

　　　　　　快快发誓吧。

霍　拉　旭　　　　　　　　该怎么发誓呢，殿下？

哈姆雷特　　你们看到的这一切，绝口不提起。

---

① 正派的阴魂，意即不是作祟的恶鬼。

② 倒持的剑柄可权充十字架，使按着剑柄起誓带有神圣的意义。

按着我的剑柄发誓吧。

（传来阴魂转移后的呼喊声："起誓吧！"）

（二人跪下，按剑柄起誓）

哈 姆 雷 特　"又是这里，又在那里"吗？咱们换地方吧。①
（转移到另一处）这里来吧，二位大爷。
再一次把手按在我的剑柄上吧。
按着我的剑柄发誓吧：
你们听到的这一切，绝口不提起。

（传来阴魂又转移后的呼喊声：
　"按着他的剑柄起誓吧！"）

（二人跪下，再次按剑柄发誓）

哈 姆 雷 特　（向地面）
说得好，老田鼠！在地下钻得这么快？
好一个带路人！好朋友，再换个地方吧。

霍 拉 旭　白天好，黑夜也好，这真是太稀奇了啊！

哈 姆 雷 特　那么就当它是个稀客来欢迎吧。
在天地之间，有许许多多事情，
霍拉旭，是你们的哲学所梦想不到的啊。②
可是来吧，（又转移地点）
在这儿，天保佑你们，再发一次誓。
不管我日后的行为多古怪，多出格
（也许我将来会认为这样最合适），

---

① "又是这里"一句原文是拉丁成语。
② 这里所说的"哲学"相当于现代的自然科学。

装出了一副疯疯癫癫的样子——
那时候，你们看到了我这个光景，
千万不可以像这样，把双手一叉，
或是这样地摇摇头，或是说一些
暧昧的话："哼，我有什么不知道，"
或是 "要抖出来还不容易，" 或是
"把话摊开来，得看我们是否高兴了，"
"你让人说话，还怕没人开口？" ——
故意吐一半，留一半，含糊其辞，
表示你们知道我有什么内情——
发誓吧，愿上帝的恩惠保佑你们。

（传来阴魂的呼喊声："起誓吧！"）

（二人跪下，三度按剑柄发誓）

哈 姆 雷 特　安息吧，安息吧，不安的灵魂。这就好，
我一片诚心地完全信赖二位了。
可怜的哈姆雷特，凡是他力所能及，
愿上帝帮助，一定少不了向二位
表示他的爱和对你们的友谊。
咱们都进去吧。请你们总是把手指儿
按在你们的嘴唇边吧。我求你们啦。
　　时代整个儿脱节了，唉，真倒楣，
　　偏要我把重整乾坤的担子挑起来。
不，来吧，咱们一块儿走。①

[同下]

---

① 二人谦让，让王子先走，他因之说了这句话。

第二幕

第一景　室内

［大臣波洛纽斯上，仆人雷那多随上］

波 洛 纽 斯　把这钱，这几封信，交给他，雷那多。

雷 那 多　　知道了，老爷。

波 洛 纽 斯　好雷那多，你可以干得很聪明——
在找他之前，不妨先去打听打听
他行为怎么样。

雷 那 多　　　　　　　老爷，我也有这意思。

波 洛 纽 斯　呃，好说，说得好。你听着，老兄，
先给我打听：居留在巴黎的丹麦人
都是些什么人，干什么，有钱还是没钱，
住什么地区，跟哪些人来往，开销
大不大；你拐弯抹角，有心去套话，
得知了他们也认识我的儿子，
就凑近一步，可不要直截了当地
问对方，只说你跟他有泛泛之交，
说什么"我认得他父亲，他的朋友，
也有些认识他"——你听明白没有，雷那多？

雷 那 多　　是，全明白了，老爷。

波 洛 纽 斯　你不妨说，"有些儿认识他，可不熟，
要是果真是他，那么他真胡闹，
沾染上了什么什么的"——你可以随便
编派他一些缺点——自然，那只是

55

无损于他声誉的一些小节罢了——
这点你要记住了——于是你，不妨举一些
那纨绔子弟十之八九都难免的
轻佻、放浪的行为。

雷　那　多　　　　　　　　像赌博，老爷？

波洛纽斯　对啊，像喝酒、像斗剑、赌咒啊，吵架啊，
甚至玩女人啊——连这个你也可以说。

雷　那　多　老爷，说不得，这会坏了他名声的。

波洛纽斯　不会的，提起这，你轻描淡写些好了，
你千万不能添油加酱地去抹黑他——
说他是嫖客，那可不是我的本意；
只说是逢场作戏，就一笔带过了，
听起来那不过是年轻人血气方刚，
心血来潮，自己都管不住自己了，
因此难免有一时的不检点。

雷　那　多　可是好老爷——

波洛纽斯　　　　　　　　为什么要你这么做呢？

雷　那　多　是啊，老爷，我是想知道呀。

波洛纽斯　呃，老兄，我把我主意说你听吧。
我认为要这点儿手段，合情又合理。
你往我儿子身上添一些小污点，
只当是做针线活，洁白的绸布上
难免留下些指印。你给我听好，
你想在谈话中把对方的话套出来，
提起了这么个有缺点的年轻人，而对方
果然看到了那青年有那么些缺点，
保证他跟你会一拍即合，接着说：——
"好大爷"，或者说"朋友"，也或者说"阁下"——
究竟怎么个称呼，就得看对方是
什么人，哪国人而定了。

雷　那　多	很好，老爷。
波 洛 纽 斯	于是对方就——对方就——我刚才要说一句什么话呀？我的天，我正要说一句什么话。我说到哪里啦？
雷　那　多	说到了"会一拍即合。"*
波 洛 纽 斯	"会一拍即合"，对了，可不是！

他接着你的话，说道："我认识这少爷，
昨天还看见他"，或者是："前几天还看见他"，
——或者这一天，或者那一天，跟这个人
或者那个人在一起，正像你所说的，
"来一场赌博"，"喝酒喝得凶，都醉倒了"，
"打网球却打起架来了"，也许会这么说，
"看见他踏进了那一家'做买卖的'人家"——
就是说，闯进了一家妓院，等等的；
现在你该明白了吧，
用谎话把人引上钩，你钓到的鲤鱼，
是人家吐出了真心话。我们聪明人，
办法多，就这么旁敲侧击，绕着圈儿，
左转右拐地通向了你想要听的话。
根据我这一番指点，开导，你不难
打听到我儿子的行为，你懂我的话吗——
听明白了没有？

雷　那　多	老爷，我听明白了。
波 洛 纽 斯	再见吧，一路顺风。
雷　那　多	多谢老爷。
波 洛 纽 斯	你也得用自己的眼睛留心观察他。
雷　那　多	我会的，老爷。

---

* 从"亚登版"，"贝文顿版"，（从"四开本"）。一般版本其后还有"说到朋友或者阁下"一语（从"对开本"），应是衍文。

波洛纽斯	要他好好地学音乐。
雷 那 多	是，老爷。
波洛纽斯	再见吧。

［雷那多下］

［奥菲丽雅慌张上］

怎么，奥菲丽雅，有什么事儿呀？

奥 菲 丽 雅	哎哟！爸爸，好爸爸，真把我吓坏了呀！
波洛纽斯	是什么吓了你呀？天啊，快说吧！
奥 菲 丽 雅	爸爸，我正在闺房里做针线活儿，
	哈姆雷特殿下——只见他上衣也没扣，
	帽子也不戴，沾满着污泥的袜子，
	没有吊袜带，褪落下来，脚镣般
	拖在脚脖子上，膝盖和膝盖只是
	来回地碰撞，一张脸，像衬衫般白，
	好悲惨的一副可怜相，看他那光景，
	就像刚从地狱里放出来，只想向人讲：
	他吓坏了，好恐怖啊。他直冲进来，
	站住在我面前——
波洛纽斯	他想你想得发了疯？
奥 菲 丽 雅	父亲，我说不上来——只怕是这回事。
波洛纽斯	他怎么说呀？
奥 菲 丽 雅	他一把抓住了我手腕——
	抓得好紧啊，接着他伸长了手臂，
	往后退，另一只手，遮在额头上，
	一眼不眨地瞧着我的脸，好像
	要给我画个像。就这样，他纹丝不动，
	过了好一会儿，才轻轻抖一下我的手，
	他把头抬起又点下，一连点三次；

于是他一声长叹，好凄惨，好深沉，
仿佛他整个儿躯壳都被震碎了，
生命都完了；这以后，他放开了我的手，
转过身去，可又回过头来，朝我看，
他身子往后退，似乎不用眼睛，
也找得到路。他这么一步步倒退着，
跨出了房门，他的眼光始终
在我身上打转。

波洛纽斯　　　　　　　　　来，跟我走，我一定要
去见国王。这是他爱你爱得发了狂，
这一股狂热的劲儿，会昏天黑地地
毁了自己，干得出不顾死活的事；
好厉害啊！天底下多的是迷失了本性的
盲目冲动。我好后悔啊——①
你最近冲着他说过什么生硬的话吗？

奥菲丽雅　没说过，好父亲，只是遵照你吩咐，
拒绝接受他给我的那几封信，
也不肯再和他见面。

波洛纽斯　　　　　　　　　　就害得他发了疯。
我后悔，没有把眼光看得更准些，
对他的行为了解得更深些；我原先
只怕他玩弄你，会毁了你；只恨我
不该没来由地怀疑他！真是要命啊，
年轻人往往太莽撞，干事儿欠思量，
我们上了年纪的呢，又瞻前顾后的，
反而误了事。来吧，咱们见王上去。
这事一定得捅出来，紧紧地掩盖着，
也许会闹乱子的，那还不如说出来，

---

① 他说到一半岔开去了，到后来才接下去说：他后悔没有把王子的为人看得准。

59

哪怕给自己讨来的，是别人的见怪。
来吧。

[奥菲丽雅随父亲下]

第二景　宫中

[喇叭高声齐奏。国王挽王后上，罗森
克兰，吉登斯丹及侍从等随上]

国　　王　欢迎，亲爱的罗森克兰，吉登斯丹
　　　　　我不仅一直很想念二位，而且
　　　　　还有要借重二位的地方，这才
　　　　　急匆匆地把你们召了来。想必你们
　　　　　也有所听闻了，哈姆雷特像换了个人，
　　　　　我这么说，因为他从外表到内心，
　　　　　跟过去都大不相同了。他父亲去世了，
　　　　　除了这悲痛外，究竟还有什么原因
　　　　　害得他疯疯癫癫，连自己都不认得了，
　　　　　我可没法儿想像。我想，你们是
　　　　　从小跟他一起长大的，后来又
　　　　　青春作伴，了解他一举一动，
　　　　　所以请二位在宫里小住一阵，
　　　　　陪着他散散心，也好趁这个机会，
　　　　　试探他心里，究竟有什么隐痛
　　　　　在折磨他，摸清楚了，我们也就好
　　　　　为他对症下药了。

王　　后　二位好大爷，他经常提起你们呢，
　　　　　我相信，这世上找不到比你们二位
　　　　　更经常在他的心头了。如果承蒙
　　　　　二位见爱，又看重情义，有雅量，

答应在我们这儿多逗留一阵子，
好帮助我们，成全了我们的心愿，
那么身为国王的，对于二位
此番的光临，自当有相称的谢意。

罗森克兰　二位陛下是统治万民的君主，
有什么意旨，只管吩咐，小臣等
敢不服从，无须说半个"请"字。

吉登斯丹　我们俩理当把忠诚都献给殿下，
只知道唯命是从，效犬马之劳；
我们听候差遣。

国　　王　多谢了，罗森克兰，还有你，好吉登斯丹。

王　　后　多谢了，吉登斯丹，还有你，好罗森克兰。
我请求二位尽快去看望我那
像换了一个人似的儿子。来人，
你们领二位去跟哈姆雷特见面吧。

吉登斯丹　愿上天保佑，使我们在一旁伺候他，
能讨他的喜欢，有助于他的身心。

王　　后　说得好，阿门。

[二人随侍从下]

[波洛纽斯上]

波洛纽斯　禀报陛下，派往挪威的使臣
已经高高兴兴地回国了。

国　　王　吉祥的老人家，你总是带来了喜讯。

波洛纽斯　真的吗，陛下？好陛下，你可以信得过，
我把我对上帝，对仁爱的王上
应尽的责任看得跟我的灵魂
一样重。我相信——除非我这老脑筋
不中用了，看问题，察言观色不比

以前那么有把握了——我已经发现了
是什么原因，让哈姆雷特发了疯。

国　　　王　噢，快说出来吧，我急于要知道呢。

波 洛 纽 斯　请陛下还是先接见那两位使臣吧。
我这个发现，且留作盛宴后的水果吧。

国　　　王　有劳你亲自把他们带来见我吧。

〔波洛纽斯下〕

亲爱的葛特露德，他说他已经发现了
你儿子得病的起因和内中的缘故。

王　　　后　（内疚地）
依我说，不为了别的，都是为了
他父亲死了，我们俩的结婚又太仓促了。

国　　　王　好吧，待我们细细地问了他再说。

〔波洛纽斯引伏特曼、科尼留斯上〕

欢迎，我的好朋友们！
伏特曼，咱们的挪威王兄怎么说？

伏 特 曼　他同样热情地回敬了陛下的问候，
谢陛下的致意；我们一提出要求，
就传喻他侄子，不准再招兵买马——
他本以为这一切无非是为了
对付波兰人；可是经过了调查，
才知道原来是为了针对陛下的；
他痛心自己只因为年老多病，
软弱无能，不知道已受了蒙蔽，
就传令福丁布拉，一切活动必须
立即停顿。总算那年轻人还听话，
被挪威王训斥了一番之后，
当着他叔父面，立下了誓言，今后

决不轻举妄动，竟敢侵犯陛下了。

他知错认罪，使老王大为高兴，

当即赐给他三千克朗的岁收，

委派他率领那征募来的士兵，

仍按照原先的计划，向波兰进军；

只是他有一个请求，已写明在这里，

（呈上一文件）

求陛下允许他军队入境借道，

去攻打波兰，一路所经过之处，

怎么保证秋毫无犯，都考虑了，

而且都写明在这里了。

国　　　王　　　　　　　　　　　我听了很高兴。

等以后时间从容些，再好好读一遍，

考虑之后，再答复吧。现在我得

多谢你们，干得很出色，辛苦了。

回去休息吧，今晚上，我们少不得

设宴招待，为二位洗尘呢。

[两使臣鞠躬下]

波 洛 纽 斯　这回事总算有了个圆满的结局。

王上，王后娘娘，我要是长篇大论

谈什么是君主的尊严，臣子的责任，

为什么白天是白天，黑夜是黑夜，

时间是时间，那不过是白白浪费了

白天，黑夜，又浪费了时间，所以，

（越说越得意）

我说，既然简洁是智慧的灵魂，

冗长乏味，是添油加酱的门面话，

我只说三言两语吧。殿下是疯了。

我说他疯了——要细细地表一表什么叫

真正的疯了，除了说是疯了，还能

叫人怎么说呢？这也不去多谈了——

王　　后　请多一些事实，少几分口才吧。

波 洛 纽 斯　娘娘，我发誓，我根本用不到口才呀。

（越说越兴奋）

说他疯了，是真疯了；真是疯了，才真可惜啊；

真可惜，为的是真疯了。——这可是在胡扯了，

少给我来这些吧，我才不卖弄口才呢。

咱们就同意他是疯了；接下来就该

找一找这么个结果是什么缘故——

或者不如说，是什么缘故，有这么个恶果，——

这结果成了恶果，总有个缘故吧；

这就落到了这一步，接下来的一步是——①

请想想吧。

我有个女儿——女儿还是我的，就逃不了——

我有个女儿——难为她好一片孝心，

肯听话，你瞧，把这个交给了我。

这是怎么回事，请你们听好了——

（朗读）

　　　寄天仙般的，我灵魂的偶像，香艳无比的奥

菲丽雅——

这是什么话呀，多难听，多不正派——"香艳"可

不是个正派的词儿啊——可是请听下去吧：——

　　　这几行诗留在她那雪白的胸怀中吧，这几行

诗——等等。

王　　后　是哈姆雷特写给她的吗？

波 洛 纽 斯　好娘娘，等一下，且让我照实念来：

---

① 这位大臣说到这里，已不知所云，再一次陷入了不知道"我说到了哪里啦？"
（见前景）的窘境。

许你怀疑星星会发光，

　　　　许你怀疑太阳在远行，

　　　许你怀疑真理会说谎，

　　　　切不可怀疑我对你一片情！

　　　亲爱的奥菲丽雅啊，要我做诗可真是要命！我
缺乏才华，不能把我一声声悲叹变成一行行
诗句；可我最爱最爱的就是你啊。亲人儿，请相信
我吧。再见了。

　　　　　　　　最亲爱的小姐，只要我一息
　　　　　　　　　尚存，我永远是属于你的
　　　　　　　　　　哈姆雷特

　　　这是我女儿听我的话，交出来的。
　　　她此外还向我交代了他怎么一次次
　　　来求爱：在什么时候，什么场合，
　　　用什么方式，全都说给我听了。
国　　　王　可是她，接受不接受他的求爱呢？
波 洛 纽 斯　陛下以为我是怎么一个人呢？
国　　　王　是忠心耿耿、正直可靠的人。
波 洛 纽 斯　但愿我能证明自己是这么个人。
　　　可是陛下会怎么说呢？——假如我看到了
　　　这热烈的爱情已着火了——不瞒陛下说，
　　　女儿还没告诉我，我已经觉得了——
　　　陛下，还有好王后娘娘，会怎么想呢？——
　　　要是我扮演了送情书、传条子的角色，
　　　或是故意地眼开眼闭，装聋作哑，
　　　或是瞧着这爱情，只当看热闹；
　　　陛下会怎么想呢？不，我开门见山，
　　　跟我家大小姐说明白："哈姆雷特殿下
　　　是王子，是天上的星，你高攀不上！

　　　　　　不许这样下去了！"于是我告诫她
　　　　　　把自己禁闭在房里；要躲避王子，
　　　　　　不接待他派来的人，不收他礼物；
　　　　　　她听了这番话，就遵照吩咐她的去做，
　　　　　　殿下就吃了闭门羹——长话短说吧——
　　　　　　就情绪不佳了，就茶饭无心了，接着，
　　　　　　夜不成眠了，人一天比一天憔悴了，
　　　　　　就神思恍惚了，就这么越来越糟，
　　　　　　终于发了疯，眼看他胡言乱语，
　　　　　　叫大家都心痛。

国　　　王　　　（向王后）你看是这么回事吗？

王　　　后　　有可能，很像是这么回事。

波 洛 纽 斯　　我倒是很想知道，难道有哪一回
　　　　　　我断然地说了："就是这么一回事"，
　　　　　　而结果却不是那么一回事？

国　　　王　　我想不起来有那样的事。

波 洛 纽 斯　　我这话要是说错了，（指自己的头，
　　　　　　又指自己的肩）就把这家伙
　　　　　　从这老家搬走吧。只要有线索可寻，
　　　　　　我一定会找出真相来，哪怕它躲进了
　　　　　　地球的最深处。

国　　　王　　　　　　　　　　怎么样进一步试探呢？

波 洛 纽 斯　　你知道，有时候他在这儿走廊里
　　　　　　一连走上三四个小时。

王　　　后　　　　　　　　　　　　这情况是有的。

波 洛 纽 斯　　趁他在踱步，我就把我女儿放出来。①
　　　　　　陛下和我可以躲到挂毯后面去，

---

①　放出来，这位大臣用了一个粗俗的词，原文"loose"，本是有把圈里的牲口
　　放出来交配之意。

听他们是怎样见面的。若殿下不爱她，

也不是为了失恋而失去了理性，

那么我再不配助理那国家大事；

去种田、赶大车算了。

国　　王　　　　　　　　　　　　　我们且试一下。

[哈姆雷特边走边看书上]

王　　后　瞧我那可怜的孩子来了，多苦恼，

一边在看书。

波洛纽斯　　　　　　　　请二位回避一下吧。

我这就上去招呼他。留下我一个人吧。

[王和后躲到幕后，侍从退下]

（迎上前去）哈姆雷特殿下可好？

哈姆雷特　（茫然地）好啊，老天放慈悲些吧。

波洛纽斯　（一怔）你认得我吗，殿下？

哈姆雷特　怎么不认识呢。你是鱼贩子一个呀。

波洛纽斯　我可不是啊，殿下。

哈姆雷特　那么我但愿你是一个老实人。

波洛纽斯　老实，殿下？

哈姆雷特　对了，大爷，如今的世道，做老实人，一万个人，

才挑得出那么一个。

波洛纽斯　（顺着他）这话说得有道理，殿下。

哈姆雷特　要是太阳能在一条死狗身上孵化出一窝蛆虫，就

因为那是供众人亲吻的一块臭肉 ①——你有一个女

儿吧。

波洛纽斯　是有一个，殿下。

---

① 暗指卖淫妇的肉体，在哈姆雷特的心目中，也许泛指不忠实于爱情的女人的

肉体。

哈 姆 雷 特　别让她走在光天化日下，肚子里有东西，那是好福气；可是你女儿的肚子里也会藏着好东西呢——朋友，这可得小心啊。

波 洛 纽 斯　（悄声，向幕后）你们瞧，这个怎么说呢？三句不离我的女儿。可是一上来他认不得我呢，还说我是一个鱼贩子。他的病根子已很深了。说老实话，当年我正青春年少，也失魂落魄的，一头跳进了爱河，跟眼前的他也不差多少。让我再上去跟他谈几句——你在读些什么呀，殿下？

哈 姆 雷 特　话语、话语、话语。

波 洛 纽 斯　都是谈些什么事啊，殿下？

哈 姆 雷 特　谁跟谁闹事呀？

波 洛 纽 斯　我是指你读的是什么内容啊，殿下。

哈 姆 雷 特　都是些诽谤人的话，老兄。那个爱说刻薄话的坏蛋在书里说：老头儿长着一脸花白的胡须，一脸的皱纹，眼睛里分泌出松香般的黏胶，一个好宽广，空洞的脑袋，再加上一双站不稳的火腿——这一切虽然我说什么也是绝对地相信的，可我认为就这么写下来，就很不得体了。就说你吧，大爷，会活得一年比一年轻，直活到我的岁数，又要你能像螃蟹一般，一步步倒退着走。①

波 洛 纽 斯　（悄声）虽说这些都是废话，可也有它的条理——殿下想避开这通风的地方吗？②

哈 姆 雷 特　躲进我的坟墓里吗？

波 洛 纽 斯　（顺着他）可不，那真是一个避风的地方。（悄声）有时候他回答你的话也真亏他想得出——头脑疯

---

①　我们不妨想像，在舞台上，哈姆雷特年少气盛，一步步逼近波洛纽斯，那老头儿不由得一步步向后倒退。

②　当时认为病人不宜吹风。波洛纽斯在无意中泄露出他把王子当作病人看待。

了，能不假思索随口说了出来；那头脑健全，思路清楚的，却往往左思右想都想不出来。我暂且离开他，马上想法让他和我的女儿见面——殿下，我失陪了。

哈姆雷特　你让我失去你的陪伴，再没比这更高兴的了——除非你让我丢了我这条命——丢了我这条命，丢了我这条命。

波洛纽斯　（惶惑地）再见了，殿下。（转身就走）

哈姆雷特　（望着他背影）这些讨厌的老傻瓜！

［罗森克兰及吉登斯丹上，
　与波洛纽斯相遇］

波洛纽斯　你们去找哈姆雷特殿下吧。他在那儿。

罗森克兰　上帝保佑你！大人。

［波洛纽斯下］

吉登斯丹　我尊贵的殿下。

罗森克兰　我亲爱的殿下。

哈姆雷特　我的两位出众的好朋友。你好吗，吉登斯丹？啊，罗森克兰。好伙计，你们两人都好吗？

罗森克兰　平平而过罢了，就跟芸芸众生一个样。

吉登斯丹　所幸的是我们不算太幸运，并不是幸运女神的帽子上的一粒金纽扣。

哈姆雷特　也不是给她踏在脚下的鞋底吧？

罗森克兰　倒也不是，殿下。

哈姆雷特　这么说，你们是落在她腰眼上——或者说，闯进了她恩宠的正中间？

吉登斯丹　说实话，她私下接待过我们。

哈姆雷特　进入了她那见不得人的私处？啊，千真万确，命运女神是个婊子。有什么消息吗？

罗森克兰	没什么好奉告的，殿下，我只能说，这世道比从前来得厚道了。
哈姆雷特	那么世界末日快到了。可惜你的消息不确实。让我问得更地道些。两位好朋友，你们在命运女神的手下有了什么不是，才给打发到这儿监狱里来？
吉登斯丹	怎么是监狱？殿下？
哈姆雷特	丹麦是一座监狱。
罗森克兰	那么全世界也是一座监狱了。
哈姆雷特	好一座大监狱，里面有许许多多禁闭室、牢房、地牢，丹麦是其中最糟的一个了。
罗森克兰	我们可不这么认为，殿下。
哈姆雷特	呃，那么对于你们就不是一座监狱了。本来，也无所谓好，无所谓坏，只不过想得好、想得坏，才分出好坏罢了。对于我，这可是一座监狱。
罗森克兰	呃，那是你的雄心壮志，使它成为一座监狱。它太狭小了，因为你的抱负太大了。
哈姆雷特	天啊，把我关禁在一个硬果壳里，我也会自命为拥有无限空间的君王呢——要不是我做了一场噩梦。
吉登斯丹	说真的，这些梦，就是雄心，或者野心；因为什么是野心？无非是一场梦的影子罢了。
哈姆雷特	一场梦，本身不过是一个影子。
罗森克兰	可不是，照我看，野心是那么缥缈空虚，它不过是影子的影子罢了。
哈姆雷特	那么我们那些叫花倒是真实的本体了，我们的君王和那些形象拔高了的英雄，却成了叫花的影子了。[①] 我们进宫去，好吗？说实话，我越理论越糊

---

① 罗森克兰他们认为，野心起始于梦想，实现了梦想的君主、英雄，因此不过是影子（梦想）的影子罢了。哈姆雷特讽刺性地故意把这话推向极端；最没野心的叫花就该是实体，而有野心的大人物只能是实体（叫花）的影子了。

涂了。

罗森克兰
吉登斯丹 ｝ 我们乐意伺候殿下。

哈姆雷特　哪有这样的事？我怎么也不能把二位归到我的仆人的队伍。我对你们说老实人的老实话吧，那些人伺候我真叫我受不了。可是凭我们的老交情，请教二位来到埃尔西诺，有何贵干？

罗森克兰　不为别的，只为了来看望殿下。

哈姆雷特　我只是一个穷叫花，寒酸得连一声"谢谢"也说不出口；可我还是要多谢二位。不必说得，亲爱的朋友，我这个道谢连半个大钱都不值。不是人家派遣你们来的吧？还是出于你们的本意呢？这是一次无拘无束的访问吗？来吧，来吧，对人要讲个公道。（二人面面相觑）来吧，来吧，别这样，快说吧。

罗森克兰　（窘迫地）我们该怎么说好呢，殿下？

哈姆雷特　随你怎么说都行，可别扯开去。你们是给派遣来的，瞧你们脸上的神色，就已经招供出来了。你们未免太忠厚了，心里有鬼，不懂得该怎么掩盖才好。我知道，是好王上和王后把二位叫来的。

罗森克兰　叫来干什么呀，殿下？

哈姆雷特　那可得向二位请教了。可是我求你们啦，凭咱们老朋友的名分，凭咱们从小就好来好去的老交情，凭咱们保持到现在的友谊，以及凭口才比我好的人，所能提出的更情面难却的理由——求你们直截了当、痛痛快快，跟我说个明白吧——二位是人家派遣来的，是不是？

罗森克兰　（悄声，问同伴）你看怎么说好？

哈姆雷特　（悄声）好得很，我冷眼看着你们呢。——只要你们把我看作朋友，有什么是说不得的呢？

吉登斯丹　殿下，我们俩是奉命而来的。

哈 姆 雷 特　我可以告诉你们，这是为的什么；我把话说在前头，也好免得你们把说不得的话吐了出来，泄露了国王和王后对你们私下的嘱托。

近来也不知为了什么缘故，我一点情绪都没有，一反往常，不想有什么活动，也不想走动。我的心情好沉重啊，只觉得这宽广的大地，就像一座荒凉的海岬；这氤氲清明的天幕，你们瞧，这覆盖大地的光辉灿烂的苍穹，这镶嵌着金色火球的庄严的天顶——唉，在我眼里，不过是凝聚成一团的乌烟瘴气罢了。

人，是多么了不起的一件杰作啊！理性是多么高贵，发挥不完的才能和智慧；仪表和举止，又多么动人，多么优雅！行动就像天使，明察秋毫，多像个天神，宇宙的精英，万物之灵——可惜在我看来，这用泥土提炼成的玩意儿，又算得什么呢？人啊，我对他不感兴趣——就是女人，我也不感兴趣——不过我看你们微微一笑，好像在说，你们很感兴趣呢。

罗 森 克 兰　殿下，我心里并没这意思。

哈 姆 雷 特　那么你在笑什么呢？——当你听到我说：人啊，我对他不感兴趣。

罗 森 克 兰　我只是想，殿下，要是你对男人不感兴趣，那么只怕那上门来的戏班子，可得不到殿下的另眼看待了。我们一路上赶来，把他们撇在后面，他们要进宫来为殿下献艺呢。

哈 姆 雷 特　那扮演国王的自会得到我的欢迎——这位陛下会受到我的敬意。①那闯天下的骑士，可以弄刀舞枪；那单相思的情人，不会白白地叹息一场；那大吼大

_____

① 敬意，在这里指赏金。

72

叫的角色，吼够了，自会心平气和地下了场，那小丑会逗引得那一逗就乐的观众，笑得合不拢嘴，女主角可以灵机一动，发挥一通，不用管那素体诗和那音乐，站得住还是站不住脚。他们是一班什么戏子？

罗森克兰　就是你向来喜欢的那一个戏班子，在城里专演悲剧。

哈姆雷特　他们怎么走起江湖来呢？他们在固定的剧场演戏，于名于利不是更好吗？

罗森克兰　我想他们在城里待不下去了，那是因为碰到了新的麻烦。

哈姆雷特　他们近来的号召力，不差于当初我在城里时那样吗？来看戏的还是那么多吗？

罗森克兰　不，比不得当年了。

哈姆雷特　怎么会呢？他们的演技荒疏了吗？

罗森克兰　不是的，他们还是像先前那样卖力；可是，殿下，如今冒出了一窝娃娃，羽毛未干的小东西，扯直了嗓子直叫，把旁人压下去，博得了台下没命的鼓掌声。目前他们是红人儿，盖罩了他们所谓的普通戏班子。有许多佩剑的公子哥儿，只因为害怕文人的那支鹅毛笔杆，不敢再光顾老剧场了。

哈姆雷特　怎么，他们都是些孩子吗？谁供养他们吃，给他们穿？这些孩子们干他们这一行，到了嗓子唱不成了，①就此不干了吗？要是他们挣不了多少钱，将来他们长大成人后，很有可能当上了一个普通戏子；那时候，他们不会埋怨给他们写脚本的吗？——不该让他们当初在台上大喊大骂地笑话自

---

① 当时童伶班的成员多来自教堂的童声合唱班。唱不成，指童伶的变声期。

个儿今后的日子。①

罗森克兰　说真的，双方都你来我往的，好不热闹，偏是城里的人不怕造孽，又都帮着双方起哄。有一阵子，要是脚本里没有那写戏的以及做戏的大打出手，那么这脚本就卖不出钱。

哈姆雷特　有这样的事吗？

罗森克兰　噢，双方面你来我往，真是钩心斗角呢。

哈姆雷特　结果是孩子们占了上风吗？

罗森克兰　对啊，占了上风的是孩子们，殿下，连带赫克勒斯和他扛在肩上的地球，都成了他们的战利品。②

哈姆雷特　那也没什么好奇怪的；看我那当上了丹麦国王的叔父好了：当初父王在世，那些冲他做鬼脸的，现在一个个愿意拿出二十个、四十个、五十个、一百个银币来买他的一幅小小的肖像画呢。见鬼去吧，单凭常情常理，你别想说得明白，只能看哲学家能不能推究出其中的道理了。

（远处传来一阵喇叭声）

吉登斯丹　戏班子来啦。

哈姆雷特　二位大爷，欢迎光临埃尔西诺。来吧，握握手吧，表示欢迎，总得有个讲究，那一套世俗礼节是少不得的。让我先在这里客气一番吧；戏班子来了之后，少不得也要给个面子，这是要跟你们说明在先的，免得还道是我接待他们，显得比对你们更殷勤。欢迎二位光临。只可惜，我那做父亲的叔父和

---

① 1600年、1601年，童伶班上演《辛茜雅的欢宴》、《蹩脚诗人》，本·琼森在他的这两个戏剧里讥嘲了露天剧场的（成人）演员。
② 莎士比亚所属的"环球剧场"以希腊大力神赫克勒斯肩负地球为剧场标志。

做母亲的婶娘，上当了。

吉登斯丹　上当什么呀，亲爱的殿下？

哈姆雷特　我疯了，那是在刮西北风；南风吹来了，我不会把一只老鹰看成了一只鹭鸶。①

［波洛纽斯上］

波洛纽斯　（在远处）各位大爷们都好。

哈姆雷特　你听着，吉登斯丹，还有你，也听着——我两个耳朵一边有一个人在听着。（向波洛纽斯瞟了一眼）你们看到的那个大娃娃，还没有脱掉他的襁褓呢。

罗森克兰　也许他这是第二次给裹在襁褓里，人家说，人老了，又变成婴儿了。

哈姆雷特　我敢预言，他是来向我报告有个戏班子要来了。听好。——（转变话题）你说得对，老兄，星期一早晨，正是这个日子，没错。②

波洛纽斯　殿下，我有消息要向你报告。

哈姆雷特　大人，我有消息要向你报告。当年罗歇斯在罗马演戏的时候——③

波洛纽斯　戏子们已上门来了，殿下。

哈姆雷特　（嗤之以鼻）嗤！嗤！

波洛纽斯　凭良心说——

哈姆雷特　那时候，来了戏子们，每人骑一头驴——

波洛纽斯　都是当今最出色的角儿，演什么像什么——无论是悲剧，是喜剧，是历史剧，是田园剧，历史性田园

---

① 意谓别把我当作疯子般来糊弄，我还能辨别出真心和假意呢。

② 王子看到波洛纽斯来了，故意说些不相干的话给他听。

③ 罗歇斯（Roscius），古罗马著名的喜剧演员，卒于公元前 62 年。

剧，悲剧性历史剧，悲剧性—喜剧性—历史性田园剧，场景不变的古典剧，或是不讲三一律的现代剧。塞内加的悲剧不嫌其太沉闷，普拉图斯的喜剧也不嫌太轻浮。① 无论上演正规的、还是自由发挥的脚本，只有这些演员才演得像个样儿。

哈姆雷特　噢，耶弗他，以色列的士师，你有一件多好的宝贝呀！②

波洛纽斯　他有什么样宝贝呀，殿下？

哈姆雷特　啊，——

　　　　　　他有一位独生的千金，

　　　　　　他爱闺女如同他的命。

波洛纽斯　（悄声）他一开口总离不开我的女儿。

哈姆雷特　我说得对不对，老耶弗他？

波洛纽斯　既然殿下把我叫做"耶弗他"，那么我是有一个女儿，我爱她别提有多深。

哈姆雷特　不对，这接不上。③

波洛纽斯　那么怎么接下去呢，殿下？

哈姆雷特　呃，

　　　　　　天晓得，命该如此，

　　　　　接下来，你也知道，

　　　　　　该怎样，果然是怎样。

这支圣歌的第一段还有好多事儿要交代给你听呢。可是瞧，有人来打断我的话头了。

［戏班子的演员们上］

---

① 塞内加（Seneca，约生于公元前61年），古罗马悲剧作家。普拉图斯（Plautus，约生于公元前254年，卒于公元前184年），古罗马喜剧家。

② 耶弗他把女儿献祭上帝，事见《旧约·士师记》。王子下文所引歌词出自当时民谣《耶弗他，以色列的士师》。

③ 意谓你固然像耶弗他一样，有个女儿，但你并不像他那样爱自己的女儿。

欢迎，各位名家。欢迎大家——看到你很好，我真高兴——欢迎！好朋友们——噢，老朋友，怎么，你的脸上镶了一圈浓毛啦，上次看到你还是个光下巴呢；你到丹麦来是想拿胡子向我示威吗？——（向一个童伶）怎么，我的年轻姑娘，小姐！凭圣母娘娘起誓，小姐比我上次看见的时候，又朝天拔高一截了，大概是穿上了高跟靴吧？求上帝保佑你的、嗓子吧，别成了破嗓子，像一枚边缘磨损了的金币，不通用了。①——各位名家，欢迎大家光临。法国人训练猎鹰，一看见天上飞过鸟儿，就放出猎鹰去抓。我们也要这么办，马上就来一段台词。来吧，也好让我们品评一下你们的本领。来吧，来一段热情奔放的台词。

演 员 甲　殿下要听的是哪一段呢？

哈 姆 雷 特　我听过你为我念的一段台词，可从没有在台上演出过，即使演出，最多不过一次罢了——这本戏，我记得，不受大众的欢迎，是一盘不合一般人口味的鱼子酱。可是照我看来——还有其他一些人，他们的鉴赏能力大大超过了我——照他们看来，这是一个出色的脚本。一场场戏，都是精心的安排，在朴实无华中，显示出高明的技巧。我记得有人说过，字里行间，没有添油加酱，放了许多调味品；在一字一句中也看不到矫揉造作的痕迹——要这么写，一个戏才算得正派，读来真是朗朗上口，身心舒畅，是天然美质，而不是刻意求工。有一段台词，我尤其喜爱——那是埃涅阿斯对黛多女王自叙

----

① 意谓不希望童伶还没到发育期变了声，破了嗓子，就没法扮演女角了。

身世，谈到了父王普赖姆怎样惨遭杀害。① 如果你
还记住这段台词，就请从这一行念起吧——让我想
想——让我想想——

　　　　杀气腾腾的庇勒斯像深山的猛虎——

不是这样的；不过是从庇勒斯开的头：——

　　　　杀气腾腾的庇勒斯，黑心黑肺，
　　　　披一身黑甲，赛过漆黑的黑夜，
　　　　潜伏在那招来国破人亡的木马里，
　　　　这狰狞漆黑的凶相，更套上一张
　　　　令人心惊胆战的脸具。从头到脚，
　　　　只见是血人儿似的一片殷红——
　　　　可怕啊，沾满了父母子女们的鲜血，
　　　　让烧焦的街道烘成干硬的血块；
　　　　熊熊的大火照亮了那惨不忍睹的
　　　　屠城的景象，连邦君都遭到谋杀！
　　　　那杀人杀红了两眼、射出了凶光，
　　　　凶神恶煞般的庇勒斯，东闯西冲，
　　　　搜寻着普赖姆老王。

　　　你接下去念吧。

波洛纽斯　老天啊，殿下，念得好，抑扬顿挫，恰到好处！
演　员　甲　　　　　　　　　　　老王像困兽，
　　　　跟希腊人拼命，可刀锋碰不到敌人，

---

① 古希腊联军围攻特洛伊城，十年不下，后用木马计于黑夜破城，特洛伊沦亡，
　国王普赖姆惨遭杀戮，王子埃涅阿斯出海逃亡，见爱于迦太基女王黛多，他
　为女王追叙遇难情景，事见维吉尔史诗《埃涅阿斯纪》。

古老的宝剑，不听他手臂的使唤，
不由自主地掉下来，跟他脱离了关系。
像饿虎扑羊，庇勒斯直奔普赖姆，
狠命地一刀砍下去，并没有砍中，
可快刀过处，那呼啸而过的猛风，
把老太爷轰倒了。这当头一击的厉害，
叫瘫痪的特洛伊都震撼了，火烧的城楼
坍倒在墙脚，那轰然一声的巨响，
把庇勒斯也给怔住了，只见他的剑，
本来照准了一头银发的老王，
直劈下来，却忽然像粘住在半空中；
站定了的庇勒斯，俨然是画中暴君，
下不了决心干到底，又不肯缩回去，
倒像在袖手旁观。
在暴风雨来临之前，我们常遇到
宇宙间肃然无声，乌云像凝住了，
粗暴的狂风顿时无声无息了——
死一般的沉寂笼罩着整个大地；
忽然间，心惊肉跳的一声霹雳，
震破了长空，动弹不得的庇勒斯，
杀心又起了，他顿时直跳起来，
天上的大匠，挥舞千钧的巨锤，
为战神打一副刀枪不入的铠甲，
要万世经用；那无情的打铁锤铜，
怎及得眼前庇勒斯的血淋淋利剑，
狠命地向老王砍下来！
去你的，去你的吧，婊子般的命运女神！
天上的众神啊，你们都一致同意吧——
剥夺她权力，把她那轮子的边盘
和轮轴都砸烂吧，只剩下那个轴心

　　　　　　　　从天庭的顶峰，一落千丈，直滚进
　　　　　　　　地狱的深渊！

波洛纽斯　这一段台词太长啦。

哈姆雷特　应该把这段台词，连同你这把胡子，一起送到理发
　　　　　师那儿去修剪一下吧——（转向演员）请再念下去
　　　　　吧。他只爱听胡闹的歌舞，淫荡的穿插；否则他就
　　　　　要打瞌睡了。——念下去吧，来赫古芭那一段吧。

演　员　甲　　谁见过——唉，谁见过啊！那蒙脸的王后——

哈姆雷特　蒙脸的王后？

波洛纽斯　这很好。"蒙脸的王后"，好得很呀。

演　员　甲　　她那双光着的脚板奔去又奔回，
　　　　　　　　她红肿的双眼要用流成河的血液
　　　　　　　　去浇息熊熊的烈焰；一块布片
　　　　　　　　顶替原先的后冠，披在她头上；
　　　　　　　　惊慌中随手抓到的一条毛毯，
　　　　　　　　裹上了她干枯的、生育过多的腰身，
　　　　　　　　就算是体面的袍服了——谁见了这惨状，
　　　　　　　　不恶口毒舌地要咒骂那命运女神？
　　　　　　　　多阴险，反复无常！天上的神明
　　　　　　　　假使看到她当时眼见庇勒斯
　　　　　　　　杀得正高兴，横砍竖劈的只想要
　　　　　　　　把她丈夫的肢体剁成肉酱一团，
　　　　　　　　可怜她忍不住尖声惨呼——除非
　　　　　　　　人心的悲苦休想把天心感动，
　　　　　　　　那火球似的星星会流下了泪泉，
　　　　　　　　天神会为她而心酸。

波洛纽斯　瞧，不是吗，他的脸色都变了，他眼眶里含着泪珠
　　　　　呢。请不要往下念了。

哈姆雷特　很好。回头再请你念其余的部分吧——好大人，
　　　　　请你给这戏班子妥善安排个住处吧。你听见了没

有？好好款待他们，要知道他们是这个时代的缩影，是一部简史。宁可在你身后只有一篇不光彩的墓志铭，也不要在你生前遭到他们不留情面的评论。

波 洛 纽 斯　殿下，我准备按他们该有的名分打发他们。

哈 姆 雷 特　老天啊，老兄，格外优待些吧。要是按每一人的名分来打发他，那么谁逃得了一顿鞭子的抽打？按照你本人的身份和体面，来打发他们吧。他们越是配不上这待遇，就越发显得你宽宏大量。带他们进去吧。

波 洛 纽 斯　各位来吧。

〔转身下〕

哈 姆 雷 特　跟他走吧，朋友们。明天我们要听一场戏了。

〔演员们下〕

（留住演员甲）听着，老朋友，你们会演《贡扎果谋杀案》吗？

演 员 甲　会演的，殿下。

哈 姆 雷 特　明天晚上咱们就上演这本戏。我打算另外写上十五六行的一段台词，插在戏里，你能不能为了有这需要，预先把它念熟了，行吗？

演 员 甲　行，殿下。

哈 姆 雷 特　很好。跟着那位老爷去吧——你可得留神，不能取笑他啊。

〔演员甲下〕*

（向罗、吉二人）我的两位好朋友，晚上再见吧。欢迎你们光临埃尔西诺。

---

* 王子点戏，并插入自撰剧词，决不愿让波洛纽斯得知；由他领着戏班子先下场，演员甲留下，较为合理（据"对开本"）。现代版本多处理为：王子交代后，演员甲和戏班子同随波洛纽斯下（据"第 2 四开本"）。

罗 森 克 兰	好殿下。
哈 姆 雷 特	很好，再见吧。

[二人鞠躬告退，下]

现在，我独自一个儿了。

我啊，只算得是游民，是农奴罢了！

这真是不可思议啊！——你瞧这戏子，

无非是无中生有，做一场噩梦，

他却能把整个儿身心投入了幻想，

仿佛身历其境般，脸色都发白了，

热泪都淌下了；失魂落魄似的神情，

哽住的嗓音，只见他一举一动

都好像魂不附体——这一切为什么呀？

不为什么，只为了赫古芭！

赫古芭，跟他有什么相干？或者

他跟赫古芭，又相干什么？他却要

为赫古芭号啕大哭！你叫他怎么办？——

要是他换了我，有我的悲愤、痛苦；

他泪如雨下，会把舞台都淹没了；

他大叫大喊，会震破了听众的耳膜，

直吓得有罪的，发了狂，没罪的，个个

心惊肉跳，吓坏了那不知内情的，

甚至连眼睛、耳朵的机能，都丧失了。

可是我——

一个傻瓜蛋，糊涂虫，垂头丧气，

只知道做梦，想不起杀父的大仇，

一声都不哼——哪怕是一国之君

给万恶的黑手夺去了大好江山，

连同他最宝贵的生命！

我是个懦夫吗？

谁骂我恶棍，一棍子打破了我脑壳，

一把拔下我胡子，冲着我脸上吹；
谁拧我的鼻子，当面指控我撒下了
弥天大谎——是谁这般地糟蹋我？
嘿！
妈的！活该我挨骂受欺！难道说
我不是一个胆小如鼠的脓包吗？
只知道逆来顺受，要不然，我早就
拿这个奴才的一身臭肉去喂饱
满天的饿鹰了。血腥的，荒淫的奸贼！
狠心，奸诈，淫荡，没人性的奸贼！
仇要报，恨要雪！
唉！我真是头蠢驴！我好不"威风"啊！——
亲爱的父亲给谋杀了，鬼神都在召唤
做儿子的去报仇，偏是我，像婊子一般
用空话发牢骚，学那咒天骂地的泼妇。
奴才！呸！哼！
开动吧，我的脑子。——我听人说起，
那作恶犯法的去看戏，台上表演得
正有声有色，一下子触动了他良心，
竟当场供出了他所犯下的罪行：
行凶暗杀。哪怕你咬紧了牙关，
还是会鬼使神差般说了出来。
我要让戏班子演一出戏，给叔父
看一段类似我父王被谋杀的情节；
那时候，我留意观察他的神色，
把他的心都看透了。只要他愣一下，
我就有了主意。我看到的那个阴魂，
也许是魔鬼呢——魔鬼有本领变化成
可亲的形状，也许是趁我一肚子
苦闷，忧郁，正好是它下手的机会，

迷惑我，坑害我。我不能偏听偏信，
　　要有根有据。这台戏是个巧计谋，
　　要掏出国王的内心，把它看个透！

　　　　　　　　　　　　　　　〔下〕

第三幕

第一景 宫内

[国王偕王后上，波洛纽斯，奥菲丽雅，
罗森克兰，吉登斯丹随上]

国　　王　（向罗、吉二人）
　　　　　　二位有心去跟他聊了一阵子，
　　　　　　还是探听不出他究竟为什么
　　　　　　会疯疯癫癫，就不肯享他的清福，
　　　　　　却偏要胡闹、发疯、发狂，也不顾
　　　　　　这有多危险？
罗森克兰　　　　　　　　他自己也承认，他觉得
　　　　　　有些儿神经错乱，为什么会这样呢，
　　　　　　他却是绝口不提了。
吉登斯丹　　　　　　　　　我看他也不愿意
　　　　　　人家去多问他，每当我们想逗引他
　　　　　　把真情实况吐露出来，他跟你
　　　　　　来假痴假呆，甩掉了你的试探。
王　　后　他接待你们还和气吗？
罗森克兰　　　　　　　　　彬彬有礼的。
吉登斯丹　只是不怎么自然，有点儿勉强。
罗森克兰　他不多说话，可倒是有问必答。
王　　后　你们曾劝导他找些什么消遣吗？
罗森克兰　娘娘，我们一路赶来时，恰好
　　　　　　赶上了一个戏班子。我们跟他说了，

他听了好像很高兴似的。我估计，
这会儿，他们已经来这里了，而且
已得到王子的吩咐，定在今晚上
要为他演一场戏。

波洛纽斯　　　　　　　　确实有这回事，
他托我代他有请两位陛下去听戏，
看他们演一些什么。

国　　王　　　　　　　　　我非常乐意。
他有这兴致看戏，我很是高兴。
还得请两位贤士多给他凑趣，
让他兴趣更高些，抛开了心事，
寻找他的乐趣。

罗森克兰　　　　　　　陛下，我等知道了。

　　　　　　　　　　　　　　　　〔罗、吉二人下〕

国　　王　好葛特露德，请你也离开一下，
我们已悄悄地派人把哈姆雷特请来，
让他好像碰巧似的正好碰见了
奥菲丽雅。
她的父亲和我本人，正大光明地
作暗探，躲起来，看得到而不被人看到，
瞧着他们俩的见面，看他怎么样
一举一动，我们就能下个判断，
他究竟是不是为了失恋的痛苦
而闹了疯病。

王　　后　　　　　　　我听从你的话就是了。
你呢，奥菲丽雅，我心里真巴不得
你的美貌就是他得病的根源；
那就好了，我可以指望你的美德
帮助他恢复正常，而你们二位

将同享尊荣。①

奥 菲 丽 雅　　　　　　　　　愿娘娘一切如意。

[王后下]

波 洛 纽 斯　奥菲丽雅，你就在这儿走过来——陛下，
我们要不躲起来吧——
（塞给女儿一本祈祷书）你读这本书，
好显得你正一心做功德，那么
你独自在这儿，也就没什么好奇怪了。
人家常怪我们——这话也真有道理——
我们常装出一脸纯洁的神情，
装出虔诚的模样，用甜美的外表
去掩盖魔鬼的本性。

国　　　　王　　　　　　（悄声）给他说着了啊！
他这话狠狠地抽了我良心一鞭子！
那涂脂抹粉的娼妇的丑脸蛋
也不比我用尽那花言巧语
掩盖的所作所为，更丑恶。
唉，好沉重的负担啊！

波 洛 纽 斯　我听得他来了。我们快躲起来吧，陛下。

[两人躲到挂毯后]

[哈姆雷特沉思上]

哈 姆 雷 特　活着好，还是别活下去了，这是个难题啊：*
论气魄，哪一种更高超呢？——忍受命运的
肆虐，任凭它投射来飞箭流石；

————————

① 王后向奥菲丽雅暗示，如果失恋是她儿子的病因，她有意促成他俩的亲事。

＊ 原文"to be or not to be"，浑然天成，译文难于传神，几乎无从下笔。如果不
受格律约束，译成散文，拟试译为："一息尚存好，还是了却此生好"，语意
上亦许庶几近之。

还是面对无边的苦海，敢挺身而起，
用反抗去扫除烦恼。死了——睡熟了，
就这么回事；睡熟了，如果可以说：
就一了百了——了却心头的创痛，
千百种逃不了的人生苦恼，那真是
求之不得的解脱啊。死了——睡熟了；
睡熟了，也许梦就来了——这可麻烦了啊；
一旦我们摆脱了尘世的束缚，
在死亡似的睡眠中，会做些什么梦呢？
想到这，就不能不为难了——正为了这顾虑，
被折磨的人们，会这么长期熬下去。
谁甘心忍受这人世的鞭挞和嘲弄，
受权势的压迫，看高高在上者的眼色，
挨真情被糟蹋的痛苦，法庭的拖延，
衙门的横暴，忍气吞声还免不了
挨作威作福的小人狠狠地踢一脚？——
只消他拔出了尖刀，就可以摆脱
痛苦的残生。谁甘心压着重担，
流汗、呻吟，过着那牛马般的日子，
要不是害怕人死后，不知会怎么样；
害怕那只见有人去，不见有人回的
神秘的冥府——才把意志瘫痪了：
宁可受眼前的气，切身的痛苦，
却死活不肯向未知的苦难投奔。
正是这顾前思后，使人失去了刚强；
就这样，男子汉果断的本色，蒙上了
顾虑重重的病态，灰暗的阴影。
本可以敢作敢为，大干它一番，
就为了这缘故，偃旗息鼓地退下来，
只落得个无声无息。

（发现奥菲丽雅正在一边祈祷）

啊，别作声，

美丽的奥菲丽雅！

　　（上前去）女神啊，你作祷告，

别忘了也替我忏悔我许多的罪孽。

奥 菲 丽 雅　好殿下，这一阵想必贵体安好吧？

哈 姆 雷 特　（同样使用客套话）

多谢小姐垂询，还可以，还可以。

奥 菲 丽 雅　殿下，你送我的纪念品我都保存着，

早就想拿来奉还给你了。现在

（捧出一匣饰物）

就请殿下都收回吧。

哈 姆 雷 特　　　　　　　　不，我不收——

我从没有送过你什么东西。

奥 菲 丽 雅　尊敬的殿下，你分明知道是送过的，

送这些礼物，还添上了甜言蜜语呢，

使礼物更加地珍贵。芬芳消失了，

原物请收回吧；因为送的人变了心，

受的人，有自尊，贵重的礼物也变轻了。

都在这里了，殿下。

哈 姆 雷 特　哈哈！你贞洁吗？

奥 菲 丽 雅　殿下？

哈 姆 雷 特　你美丽吗？

奥 菲 丽 雅　殿下是什么意思？

哈 姆 雷 特　我是说，如果你又贞洁，又美丽，那你的"贞洁"
就不该跟你的"美丽"打交道。

奥 菲 丽 雅　殿下，难道"美丽"除了"贞洁"外，还能找到更
好的伴侣吗？

哈 姆 雷 特　唉，一点不假，"美丽"就有这本领把"贞洁"拉
下水，叫它变成了"淫荡"；"贞洁"可没有这力

89

量感化"美丽"一心向善。这话从前听来像是奇谈怪论，可是到如今，却得到了印证。从前我确是爱过你。

奥 菲 丽 雅　　真的，殿下，你曾经使我相信过，你是爱我的。

哈 姆 雷 特　　你当初就不该相信我；把"美德"嫁接到我们这躯干上，就能叫我们变得一清二白吗？没有的事！我从前不曾爱过你。①

奥 菲 丽 雅　　（辛酸地）那么我是更加受骗了。

哈 姆 雷 特　　给我进女修道院去吧。嘿，你喜欢生养一大堆罪人吗？我这个人还算是讲点儿道德，可我还是能指控自己作了不少孽，使我恨不得当初我母亲没有把我生下来才好。我这人骄傲得很，有仇必报，野心不少，我一心只想着为非作歹，连我的罪恶的念头也跟不上，我的想像也来不及描绘它们的形状。甚至要把它们一一都付之实现，时间都不够用呢。啊，像我这样的家伙，爬行在天地之间，能干出什么好事来呢？我们这批人全都是十足的坏蛋。一个也信不得。你快进女修道院吧。你的父亲呢？

奥 菲 丽 雅　　在家里，殿下。

哈 姆 雷 特　　把他关在家里，不许他闯出去，只让他在家里做他的傻瓜。再见吧。

奥 菲 丽 雅　　哎哟，仁慈的老天呀，快救救他吧！

哈 姆 雷 特　　有一天你要出嫁了，我就送给你这一个诅咒当嫁妆吧，哪怕你冰清玉洁，白雪一般干净，你还是逃不过恶毒的毁谤。快进修道院吧，再见了。或者呢，要是你一心要嫁人，那就嫁给一个傻瓜吧，聪明人

---

① "不曾爱过你"这句话否定了前面所说的"从前我确是爱过你"；似有这样的意味：我从前给你的爱不是爱，因为"美德"帮助不了我拿出真正的"爱"来。

可不行，因为他们心里雪亮，你们女人要叫他们出
什么样的丑。进修道院吧，去吧，趁早去吧。再
见了。

奥 菲 丽 雅　天上的神明啊，让他清醒过来吧！

哈 姆 雷 特　我早就把你们看穿了——就喜欢涂脂抹粉，上帝给
了你们一张脸，你们偏又给自己另外造一张。你们
扭着腰肢走路，倒像在用脚尖跳舞，说起话来娇
声娇气；给上帝创造的生物乱取名字；①搔首弄姿，
只推说你们还不懂事。算了吧，我再也不敢领教
了，我忍无可忍，要发疯了。我说，我们都不该结
什么婚。已经结了婚的——除一个人之外，②都可
以活下去；没结婚的，一律不用再男婚女嫁了。进
修道院去吧，去吧！

［转身就走］

奥 菲 丽 雅　（泪流满面，望着王子的背影）

唉，多高贵的灵魂，却毁于一旦！
是朝廷大臣的眼光，学者的口才，
是军人的剑术，国家的精华和期望，
是名流的镜子，举止风度的模范，③
举世瞩目的中心——倒下了，坍下来了！
天下的女人，要数我最命苦、最伤心了——
从他那音乐般的盟誓，我吸取过甜蜜，
如今却眼看他至高无上的理智，
像美妙的银铃，乱了套，失去了和音，④
只发出刺耳的噪声；翩翩美少年，

---

① 例如："姑娘们在一起笑着说的，别有所指的，那只'桃子'。"（《罗密欧与朱丽叶》第二幕第一景）
② 除一个人之外，应指霸占他母亲的叔父而言。
③ 镜子，在这里有典范之意。
④ 银铃，指一组编套的构成和声的乐钟。

正当是花好叶好，如水的年华，
给疯狂一下子摧毁了。我好不苦命——
往事在眼前，又看到目前这光景！

[国王及波洛纽斯从挂毯后走出]

国　　王　失恋？看不出他是为此而发了疯，
　　　　　他说的那些话，有些儿不伦不类，
　　　　　可不像是疯话。一定另有什么事
　　　　　郁结在他心头，害得他愁眉不展，
　　　　　这叫我好担心，那酝酿的不是别的，
　　　　　是危险的后果。为了预防万一，
　　　　　我犹豫不得，当即作出这决定，
　　　　　就照此办理：立即打发他去英国，
　　　　　去追索他们迟迟未献上的贡品。
　　　　　漂洋过海，踏上了异国的领土，
　　　　　耳闻目见的，都是新鲜的事物，
　　　　　也许能解开他盘踞在胸中的心事，
　　　　　那叫他失去本性的满脑子疙瘩，
　　　　　也得以缓解松动了。——你以为怎么样？
波洛纽斯　那当然好，可我还是这么认为：
　　　　　他的苦闷，追根溯源，是起因于
　　　　　他得不到爱情的回报。

　　　　　　　　　　　怎么？奥菲丽雅？
　　　　　殿下怎么跟你说，你不必再说了，
　　　　　我们全听见了。

　　　　　　　　　　照陛下的意旨办吧。
　　　　　要是你认为合适，看完戏以后，
　　　　　让他的母后单独跟他谈，恳求他
　　　　　把心事说出来，一点也不跟他含糊。

陛下容许我，躲起来，伸出了耳朵，
听母子俩的密谈。要是她问不出什么来，
就送他去英国；否则凭陛下的高见，
　看把他软禁在什么地方好。

国　　王　　　　　　　　　　　　　　　行。
大人物发疯，可不是儿戏，要看得紧。

[同下]

第二景　大厅

[哈姆雷特和三演员边谈边上]

哈姆雷特　（指着自己的手稿）念这段台词，请你们要像我方
　　才念给你们听那样，从舌尖上轻松地吐出来。要是
　　你们也像如今许多演员那样，只会大叫大嚷，那我
　　还不如干脆让当众宣读公告的公差来念我这儿几行
　　台词算了。也不要只管把你的手像这样地在空气里
　　劈来劈去，一举一动文雅些；我还得说，哪怕热情
　　奔放，像激流，像暴雨，像旋风，你也必须努力取
　　得一种节制，在念的时候能够保持平稳。
　　唉，那真是要了我的命，叫我硬着头皮，去听一个
　　戴着假发的家伙，声嘶力竭地把一股激情念得支离
　　破碎，七零八落，只知道用大嗓门轰击那些站着看
　　戏的耳鼓，①他们大多数什么都不懂，只爱听热闹，
　　看那莫名其妙的手舞足蹈。我恨不得把这样的家伙
　　从台上抓来抽一顿鞭子，只因为他把火爆的台玛刚
　　演过了火，比希律王还要希律王。②请你们务必避

---

① 站着看戏的，指付一便士入场费，站在池子里看戏的观众。
② 台玛刚是英国旧时宗教剧的一个性格火暴、大吼大叫的角色（代表伊斯兰教
　 的神祇）。希律王是耶稣诞生时的犹太暴君。

免才好。

演　员　甲　　我一定小心避免，殿下。

哈姆雷特　　也不能演得太瘟；要拿出你自己的主见来指点你该
　　　　　　怎么演。动作要跟上台词，台词要配合动作。特别
　　　　　　要注意的是，你们切不可超出了天然的分寸。因为
　　　　　　不管怎样，演得过火了，就失去了演戏的本意。演
　　　　　　戏的目的，当初也好，今天也好，始终好比得举
　　　　　　起镜子照自然。① 让德行看到了她的容貌，叫邪恶
　　　　　　显现它的原形；让这时代，这世道，显示出它的轮
　　　　　　廓，留下它的印记。

　　　　　　要是表演过火了，或者太瘟了，虽说可以博得外行
　　　　　　的笑声，却使有识之士感到痛心。一位行家的高见
　　　　　　在你们的心目中应当重于满院子其他的观众。

　　　　　　唉，我曾看过一些演员演的戏，也听说有人在
　　　　　　捧，捧得可高呢——也不必去说缺德的话了——
　　　　　　却既不会像人一般说话，也不会像人一般走路，
　　　　　　别管这人是基督徒还是异教徒。瞧他们在台上大
　　　　　　摇大摆，又吼又叫，使我不禁以为大概是大自然
　　　　　　的雇工粗手笨脚地把他造出来的吧；实在太差劲
　　　　　　了，要不然，他们想模仿人，怎么会这么不堪入
　　　　　　目呢。

演　员　甲　　我希望我们在这方面多少有所改进了。

哈姆雷特　　噢，下决心全改了吧。还有，你们中那些扮演小丑
　　　　　　的，只能照着脚本上为他写下的台词念，不许他们
　　　　　　任意添油加酱。有些小丑自己在台上先笑，好逗引
　　　　　　台下一部分没头脑的观众的笑声，也不管戏剧正演
　　　　　　到紧要关头，这会分散了场内的注意力。这太可恶
　　　　　　了，明眼人看得出，这种人，光想到自己出风头，

---

① 自然，这里指现实生活，即戏剧应是现实生活的真实反映。

真叫人寒心！你们去准备吧。

［演员们下］

［波洛纽斯，罗森克兰，吉登斯丹上］

怎么样？大人？王上来听这出戏吗？

波洛纽斯 王后娘娘也要来听，马上就要来了。

哈姆雷特 叫戏子们赶紧上场吧。

［波洛纽斯下］

你们两位去催一下，好吗？

罗森克兰 是，殿下。

［罗、吉二人下］

［霍拉旭上］

哈姆雷特 喂，霍拉旭！

霍 拉 旭 有，好殿下，为你效劳。

哈姆雷特 霍拉旭，在我所结识的那许多人中，
要数你最稳重了。①

霍 拉 旭 啊，我的好殿下。

哈姆雷特 别说了，别以为我这是在恭维你，
我恭维你，能指望什么好处呢。
并没有高官厚禄供你吃，供你穿，
你能依赖的只有你乐观的精神；
干吗去讨好穷人呢？不行，要讨好，
用甜嘴蜜舌，去舔那虚荣的浮华吧；
在好处跟着拍马而来的地方，

---

① "稳重"和下文"理智和感情是那么协调均衡"，相呼应，原文"just"，据
"亚登版"释义。

赶紧把关节灵活的膝盖弯下来吧。
你在听吗？自从我心灵开了窍，成熟了，
有了主见，识得人，懂得了好坏，
你就是我的灵魂全心全意地
选中的人——因为你是那样一种人，
经历了一切痛苦却从不以为苦，
不论是命运的打击，或命运的照顾，
你都能处之泰然；有福的是那种人——
理智和感情是那么协调、均衡，
命运可不能把他当笛子来吹，
玩弄在她手掌里。指我看这么个人：
他不为欲念所驱使，我就会把他
珍藏在我心头——对，在心灵的最深处，
就像我那么珍重你——这也不多说了。
今晚要在国王面前演一出戏，
有一场情节，跟我对你讲过的
我父王死去的情况很有些相近；
当戏演到这关节上，我求你，集中了
你全副精神，注意观察我叔父，
要是他听了那一段，不动声色，①
像没有亏心事似的，那么我们所见的，
是跟魔鬼勾结的阴魂了；糟糕啊，
我这胡思乱想，像铁匠的砧石一般黑。
留神看着他，我也要把眼光盯住在
他那张脸上；过后，我们把各自的
观察凑合在一起，来议论一下，
他神色是反常还是正常。

霍 拉 旭　　　　　　　　　　　　　　很好，殿下。

————————

① 那一段，指哈姆雷特有意插入的那一段台词。

　　　　　　　　在演戏的中间，如果他有什么表情

　　　　　　　　逃过了我的监视，这失窃，该我赔偿。

哈姆雷特　　他们来看戏了。我必须装得像没事人。

　　　　　　　　你去找一个地方坐下吧。

　　　　　［喇叭高声齐奏。国王挽王后上。

　　　　　　　波洛纽斯，奥菲丽雅，罗森克兰，吉登斯丹及

　　　　　　　大臣等随上。卫队持火炬前导］

国　　　王　　哈姆雷特王子吃好睡好吗？

哈姆雷特　　吃得很好呀，不瞒你说，吃的是变色龙的美食——

　　　　　　　　吃下去的全是空屁，肚子给空欢喜的好听的空话填

　　　　　　　　饱了，① 你可不能用空话来塞饱填鸭啊。

国　　　王　　你回我的话不是我问你的，哈姆雷特。你这些话跟

　　　　　　　　我不相干。

哈姆雷特　　可不，跟我也不相干。（转向波洛纽斯）听你说你

　　　　　　　　从前也曾在大学里演过戏吗？

波洛纽斯　　演过的，殿下，而且还算得上一个出色的演员呢。

哈姆雷特　　你演了什么角色呢？

波洛纽斯　　我演过居里厄斯·恺撒。我在神殿里遭到了暗杀。

　　　　　　　　勃鲁托斯把我杀了。

哈姆雷特　　勃鲁托斯太粗鲁了，把神殿里那么神气的一头公牛

　　　　　　　　给杀死了。戏班子准备好了吗？

罗森克兰　　都好了，只等陛下一声吩咐呢。

王　　　后　　过来，我的好哈姆雷特，坐在我旁边。

哈姆雷特　　不行，好母亲，这儿是更有吸引力的磁铁呢。（向

　　　　　　　　奥菲丽雅走去）

波洛纽斯　　（向国王，悄声）噢，哈，你瞧见没有？

————————

①　当时传说变色龙以吞食空气为生。空话，指答应将来由他继承王位。

哈 姆 雷 特　（在入座的奥菲丽雅的脚下躺下）小姐，我可以躺在你的腿上吗？

奥 菲 丽 雅　这不行，殿下。

哈 姆 雷 特　我是说，我把头枕在你的腿上呢？

奥 菲 丽 雅　嗯，殿下。

哈 姆 雷 特　（把头搁在她膝盖上）你以为我是在动什么坏主意吗？

奥 菲 丽 雅　我什么也没想过，殿下。

哈 姆 雷 特　想想吧，躺在姑娘的大腿中间，倒是挺有意思呢。

奥 菲 丽 雅　你说什么，殿下？

哈 姆 雷 特　没说什么。

奥 菲 丽 雅　你很会开玩笑，殿下。

哈 姆 雷 特　谁，我吗？

奥 菲 丽 雅　嗯，殿下。

哈 姆 雷 特　老天啊，找我开玩笑，你算是找对人了。做人不找点乐趣，那又干什么呢？你瞧我母亲，多么欢天喜地的，我父亲过世还不到两小时呢。

奥 菲 丽 雅　不，已经过了两个月了，殿下。

哈 姆 雷 特　已经这么久了？哎哟，让魔鬼去穿丧服吧，我可要穿一身貂皮服装了。老天啊，死了两个月居然还没给忘了！那么一个大人物死了，有希望在别人的记忆里再活上半年。可是，凭圣母娘娘起誓，他生前得造几座教堂，要不然，谁会去追念他呢——就像早被人忘掉了的一句歌词："哎哟哟，哎哟哟，那骑木马的滑稽角色被忘掉了。"

〔高音笛奏乐。哑剧登场〕

一国王挽王后上，王后投入国王怀抱，状甚亲昵，又下跪向国王宣誓，自表忠贞。国王扶起王后，俯首偎王后颈际。国王就花坪躺卧。王

98

后见国王入睡，悄悄离去。

一男子上，摘下国王头上王冠，亲吻王冠，注毒药于国王耳中，悄悄溜去。

王后重上，发现国王已死，作抢天呼地状。下毒者率三四人上，慰抚王后。从者抬尸体下。下毒者向王后献礼求爱。王后初推拒不从，后终于接受其求爱。双双同下。

奥菲丽雅　这是什么意思呀，殿下？
哈姆雷特　嘿，这是鬼鬼祟祟，杀人不见血的勾当。
奥菲丽雅　也许是在交代戏剧的情节吧。

［致开场白的演员上］

哈姆雷特　这家伙一开口，我们就明白了。做戏的肚子里就是藏不得东西，有什么都要说出来。
奥菲丽雅　他会开口向我们交代这哑剧是怎么一回事吗？
哈姆雷特　对啊，还有呢，你能干得出，他就说得出口，只要你好意思干出来，他才不会不好意思说出来呢；他会向你交代你干了怎么一回事。
奥菲丽雅　你真缺德，你真缺德。我要看戏了。

演员（致开场白）
　　我们这就要献上悲剧一出，
　　不到之处，务请多多照顾，
　　求各位且耐性听个清楚。

［鞠躬下］

哈姆雷特　这算是开场白？还是刻在戒指上的一行小诗？
奥菲丽雅　是短了些，殿下。

哈 姆 雷 特　可不，就像女人的爱情。

［二演员扮国王及王后上］

国王

　　　金乌的火轮已三十回环绕

　　　滚圆的地球和大海的波涛；

　　　一轮圆月把借来的清辉，

　　　照临人间，已满三百六十回；

　　　自从两情相许，心心相印，

　　　月老成全了我们俩恩爱婚姻。

王后

　　　愿日升月落，又三十度春去秋来，

　　　我们俩还是好夫妻，你恩我爱。

　　　只可怜我夫君如今多灾多病，

　　　再不见当年情怀，旧时豪兴；

　　　好叫我担忧！我担忧，害得你

　　　心烦意乱。愿一切都逢凶化吉！

　　　女人的忧愁跟着她的爱情走，

　　　要有全有，要没有，一齐丢。

　　　你心里明白，我爱你有多么深，

　　　爱得你越深，我越是要担心：

　　　小小的不安，成了大大的惊恐——

　　　惊恐越大，越显得情深意重！

国王

　　　爱妻，我离别你的日子已不远，

　　　近来四肢乏力，精神疲倦；

　　　留下你在花花世界，受尊敬，

　　　享荣华；有朝一日也是缘分，

　　　你另结良缘——

100

王后　　　　　　　别说啦，我不要听！

　　　　　若忘旧恋新，算不得我是个人，

　　　　　天不会饶我，倘若我另嫁丈夫；

　　　　　女人再嫁，就是杀害前夫的淫妇！

哈姆雷特　（悄声）苦得像黄莲！

王后

　　　　　另嫁他人，决不是出于爱情，

　　　　　那是贪图享受，只为了金银。

　　　　　让第二个丈夫在床上把我亲吻，

　　　　　我好比害已故的夫君第二次送命。

国王

　　　　　我相信你说的一切，出于真情，

　　　　　可尽管说得坚定，常会变了心。

　　　　　要知道，决心不过是记忆的奴隶，

　　　　　慷慨激昂开的头，收场却有气无力；

　　　　　未熟的果子紧紧粘住在树梢，

　　　　　一朝熟透，不摇它，自会往下掉；

　　　　　许下了人情债，你本该去偿付，

　　　　　趁早抛在脑后，掉头再不顾。

　　　　　一时热情冲动，把宏愿许下，

　　　　　一旦热劲儿过去，就不用管它。

　　　　　不论是悲痛或欢乐，超过了极限，

　　　　　许下的诺言，再也无力实现。

　　　　　喜庆正闹得欢，悲哀哭得好苦恼，

　　　　　一转眼却乐极生悲，破涕为笑。

　　　　　人间哪有一成不变，这不奇怪，

　　　　　处境变化了，随即转变了爱。

　　　　　这是个问题，需要我们去验证——

　　　　　爱情改变命运，还是命运摆布爱情？

大人物倒下了，他的心腹，都跑了；
穷人发了迹，昔日冤家，来讨好了。
爱谁恨谁，从来听命运支配，
有财有势，被朋友团团包围；
你落难了，去找虚情假意的朋友，
他对你，立刻有一肚子冤仇——
把说开去的话，重又拉回头，
我们的本意和命运，并不一块走。
一心想做到怎样，最后都碰了壁。
你想得很美，可由不得你做主意；
你说死了心，决不嫁第二个丈夫，
只怕第一个死了，这决心就保不住。

王后

地不给我粮食，天不给我光明，
日日夜夜，得不到欢乐和安宁，
活该我希望和寄托都断绝，
让我的天地，只剩下一座牢狱，
再没有称心如意的日子和笑容，
心头的愿望，变成了心头的创痛。
我生不得安宁，死不得超生——
倘若我做了寡妇，重又当新人！

哈 姆 雷 特　要是如今她背弃了誓言呢？

国王

言重了！爱妻，且先回你的房，
我神思昏倦，想借花坛做卧床，
在此小睡片刻。(躺下入睡)

王后　　　　　　愿你得安睡，
上天保佑我夫妇俩，无病又无灾。

[下]

哈姆雷特　　母亲，你觉得这出戏怎么样？

王　　　后　　我觉得那女的表明心迹过火了。

哈姆雷特　　噢，不过她会说到做到的吧。

国　　　王　　你知道这戏的情节吗？没有什么要不得的地方吧？

哈姆雷特　　没有，没有，他们只是开玩笑罢了——开个玩笑，下了毒药。一丁点儿也没有什么要不得的地方。

国　　　王　　你说这出戏叫什么名字？

哈姆雷特　　"捕鼠机"——唉，简直在让人猜哑谜！这出戏搬演的，是发生在维也纳的一件谋杀案——贡札果是那公爵的名字，他的夫人叫巴普蒂丝妲。你看下去就明白了。这本戏有点儿邪门儿，可那有什么关系呢？陛下和我们这些人，都是问心无愧的，所以跟我们毫不相干。让擦破了背脊皮的劣马惊慌得倒退吧，我们的一身皮肉，都是好好的，慌什么呢。

［一演员扮路西安纳上］

这人名叫路西安纳，国王的侄子。

奥菲丽雅　　你做讲解人真行，殿下。

哈姆雷特　　要是我看到你和你情人在玩你们的木偶戏，我也可以在一边给你们讲解。

奥菲丽雅　　殿下的一张嘴真尖利，真尖利。

哈姆雷特　　你先得叫一声痛，才能磨掉我的锋芒。

奥菲丽雅　　口才越好，就越坏！

哈姆雷特　　管它是好是坏，能抓住一个丈夫就行——你们女人不就是这样吗？①——（向正在表演的演员）下手吧，凶手，别卖弄你那张该死的鬼脸吧。下手吧，来吧，大乌鸦在呱呱地喊着要报仇呢。

---

① 讽刺妇女把神圣的婚礼、庄严的宣誓不当一回事。

路西安纳

心狠，手快；药毒，时机来得巧，
机会很凑合，趁没有人知晓，
这毒药，半夜里采集的毒草，
青脸的魔女又念上毒咒三道，
快快发作你那凶猛的毒性，
一下子夺去他好好的生命。

（把毒药注入睡者耳中）

哈 姆 雷 特　（向奥菲丽雅）他来到花园里谋害他的命，好篡夺他的权位。这人的名字叫贡札果。这本戏流传了下来，是用很好的意大利文写的。你再往下看，就是凶手求得了贡札果的夫人的爱。

（克劳迪斯从王位上直跳起来）

奥 菲 丽 雅　王上站起来啦。

哈 姆 雷 特　怎么，受虚惊啦，放的是空枪呀。

王　　　后　陛下怎么样了？

波 洛 纽 斯　（向演员们）戏不要演了！

国　　　王　（怒容满面）来几个拿火把的，走！

波 洛 纽 斯　火把，火把，火把！

［众随国王下，留下哈姆雷特
和霍拉旭］

哈 姆 雷 特　　中箭的母鹿躲开在掉泪，
　　　　没受伤的公鹿在逍遥；
　　　有人失眠了，有人在酣睡，
　　　　这就是世道：有哭也有笑。

老兄，凭我这点本领，再插上满头的羽毛，万一命运和我作对，我穿一双刺孔的鞋子，鞋头上缀上缎带做的花朵，难道我不能混在一帮子戏子里称兄道弟吗？

霍　拉　旭　可以分半份包银。

哈姆雷特　我要拿全份。

　　　　　　　你该知道，我的好伙伴，

　　　　　　　　这荒凉破损的国土，

　　　　　　　本是天神统治的乐园，

　　　　　　　　而今高高在上——一头孔雀。①

霍　拉　旭　本来可以押韵的，怎么不押呀？②

哈姆雷特　好霍拉旭啊，阴魂所说的一切，真是一字千金啊。

　　　　　　你都看在眼里啦？

霍　拉　旭　看得一清二楚，殿下。

哈姆雷特　正说到要下毒药的那时候吗？

霍　拉　旭　我就是盯着他看。

　　　　　　[罗森克兰及吉登斯丹从远处上]

哈姆雷特　（佯作不见）哈，来点儿音乐，来吧，吹笛子的。

　　　　　　　如果国王对喜剧并不喜欢，

　　　　　　　　那准是他不爱看喜剧——老天！

　　　　　　来吧，奏乐吧！

吉登斯丹　（走近）好殿下，请容许我跟你说一句话。

哈姆雷特　老兄，讲一大箩都行。

吉登斯丹　王上，殿下——

哈姆雷特　啊，老兄，他怎么样了？

吉登斯丹　他回房之后，很不自在。

----

① 当时认为孔雀性淫。

② 指如果不说"孔雀"，换上蠢驴（ass），就很现成地和前句的"was"押上了韵。

105

哈 姆 雷 特　喝酒喝得太凶了吧，老兄？

吉 登 斯 丹　不，殿下，动了肝火啦。

哈 姆 雷 特　他肝火发作，你应该赶紧去通知大夫，才显得你懂事明理呀；要叫我去给他清火，只怕给他火上添油呢。

吉 登 斯 丹　好殿下，请你说正经的吧，别扯得这么远，有重要的话要跟你说呢。

哈 姆 雷 特　我洗耳恭听，大爷。请开金口吧。

吉 登 斯 丹　你的母后——王后娘娘，心里说不出的难受，打发我来找你。

哈 姆 雷 特　（鞠躬）欢迎得很！

吉 登 斯 丹　不，好殿下，来这一套礼节算什么意思呢？要是承蒙殿下正正经经的给一个回答，我就把你母后的吩咐向你传达。要不然的话，请殿下原谅，容我回去，我这就算把我的差使办完了。

哈 姆 雷 特　老兄，使不得。

罗 森 克 兰　使不得什么呀，殿下？

哈 姆 雷 特　正正经经的给你一个回答呀。我的脑子坏了，不好使了。不过，老兄，凡是我答得上来的，你只管问吧——或者照你所说的——替我母亲问吧。好了，废话少说，来正经的吧，我的母亲，你说是——

罗 森 克 兰　她是这么说的，你的所作所为，使她非常震惊，坐立不安。

哈 姆 雷 特　噢，好一个儿子，居然把母亲惊动了！可是这位母亲在震惊之后，接下来就没有下文了吗？说吧。

罗 森 克 兰　她要殿下在就寝之前，先到她房里去，她有话要跟你谈。

哈 姆 雷 特　我一定听她的吩咐，哪怕她是第十回做我的母亲。① 你还有什么事要跟我打交道吗？

---

① 第十回做我的母亲，语带讽刺，意谓她目前是以婶娘的身份第二回做她的母亲。

罗森克兰	殿下，我曾经蒙你见爱呢。
哈姆雷特	我现在还是爱你呀，凭我这扒儿手、偷偷摸摸的手起誓。
罗森克兰	好殿下，你心里这么不痛快，究竟为的什么呢？你这是关门落闩、自个儿把自个儿禁闭起来了，要是你不肯把自己的心事说给你朋友听。
哈姆雷特	老兄，没有人提拔我呀。
罗森克兰	怎么能这样说呢？王上不是亲口宣布立殿下为丹麦王位的继承人吗？
哈姆雷特	不错，老兄，可是"但等青草长高了，早把马儿饿死了"。这已是一句发霉的老古话了。

[演员数人持笛子上]

	噢，吹笛子的来了。拿一支来给我瞧瞧——（拿着笛子）和你退到一边去说话吧。为什么你们总是拐弯抹角地摸我的底，好把我逼得无路可走呢？
吉登斯丹	噢，殿下，我本想尽我的本分，却说了不知道进退的话，这都是我的一片爱心叫我忘乎所以了。
哈姆雷特	这话我就不大懂了。你高兴吹这笛子吗？
吉登斯丹	殿下，我不会吹。
哈姆雷特	求你啦，吹吧。
吉登斯丹	请相信我，我真的不会。
哈姆雷特	（硬把笛子塞过去）我请求啦。
吉登斯丹	（摇手推拒）我不懂得怎么按笛子，殿下。
哈姆雷特	这跟撒谎一样容易呀。你只要用四个手指和一个拇指，按着这些笛孔，① 把嘴凑上去，把气送进去，笛子就会发出挺动听的音乐了。瞧，这些都是

① 高音笛（recorder）有七个音孔，用四指按；笛背另有一音孔，用拇指按。

音孔。

吉登斯丹　可我按着音孔也不会叫笛子发出和谐动听的音调
呀。我可没有这本领。

哈姆雷特　嘿，现在你瞧，你把我看成了什么东西？你们想玩
弄我，你们自以为摸到了我的窍门，你们要从我心
底里挤出我的秘密来，你们要从我的最低音试探到
我全部音域中的最高音；在这支小小的管乐器里有
很动听的声音，有好多曲调呢。只可惜你没法让它
开口。哼，见鬼去吧，你以为玩弄我比玩弄一支笛
子容易吗？随便你把我叫做什么乐器好了，你只能
挑拨我，① 就是没法玩弄我。

[波洛纽斯上]

老天保佑你，大爷。

波洛纽斯　殿下，王后有话要跟你说，请立刻就去。

哈姆雷特　你看见天上那片云吗？——形状简真像头骆驼。

波洛纽斯　（顺着他）我的天，可不是——是像一头骆驼，
没错。

哈姆雷特　我觉得它像一只鼬鼠。

波洛纽斯　（敷衍他）它拱起了背，像一只鼬鼠。

哈姆雷特　也许像一头鲸鱼？

波洛纽斯　像极了——一条鲸鱼。

哈姆雷特　那么一会儿我就去见母亲。——（悄声）他们欺人
太甚了，耍弄得我好苦啊！——我一会儿就去。

波洛纽斯　我这就去回话。

[下]

------

① 只能挑拨我，王子本来说的是吹奏乐器，现在意象转变为弹拨乐器了。"挑
拨"又有"刺激"，"惹恼"之意。

哈 姆 雷 特　（自语）"一会儿"说起来容易——朋友们，你们先
　　　　　　　走吧。

［众人退下］

　　　　　　黑夜正来到神出鬼没的时刻，
　　　　　　坟墓会裂开嘴，地狱会吐出瘴气，
　　　　　　来毒害人间。我简直喝得下热血，
　　　　　　干得出狠心的勾当，叫光天化日
　　　　　　不敢看一眼。且慢，先得去看母亲。
　　　　　　我的心，别丢了你本性。千万不能让
　　　　　　尼禄的灵魂钻进了我坚定的胸怀；①
　　　　　　我要凶，要狠，可不能连生母也不认！
　　　　　　冲着她，我说话像尖刀；可是我空着手，
　　　　　　不碰刀。这一回让舌尖和灵魂分家吧，——
　　　　　　　　出言吐语，我骂她个痛快淋漓，
　　　　　　　　动手动脚伤害她，决不是我本意。

［下］

第三景　宫廷

［国王和罗森克兰，吉登斯丹边谈边上］

国　　　　王　我可不喜欢他；纵容他疯疯癫癫地
　　　　　　闹下去，对我太危险了。你们快准备吧。
　　　　　　我马上就把委任状送交你们，
　　　　　　由你们陪同他一起前往英吉利。
　　　　　　国家的安全最重要，怎能容得他
　　　　　　近在我身边，眼看他满脑子全是
　　　　　　疯狂，一天天膨胀成危险的威胁。
吉 登 斯 丹　我们这就去准备。陛下的顾虑，

---

①　尼禄（Nero，37～68），古罗马暴君，杀母，杀妻，杀师。

109

最仁慈，最圣明——多少人安居乐业，
身家性命，全寄托于陛下一身。

罗森克兰 凡夫俗子都知道看到了危险，
要加倍地小心，尽力去避免，何况
像陛下，千万人的安危祸福所仰赖，
更要时刻都警惕了。君主驾崩了，
不仅是死了一个人；像旋涡，像洪流，
把周围的一切都席卷而去——或者说，
像巨轮，高踞于高山的顶峰，轮辐上，
附装着、镶嵌着成千上万个小零件，
一旦那巨轮往下冲，轰然一声响，
那无数附属品，也跟着粉身碎骨了。
国王轻轻地叹口气，随之而来的
是全国的一片呻吟。

国　　　王 　　　　　　　　请二位准备好，
立即扬帆出发；我们一定得给"威胁"
上脚铐，不容它太猖狂，像目前这样，
任意乱闯。

罗森克兰 　　　　　我们赶紧去办理。

〔二人鞠躬下〕

〔波洛纽斯上〕

波洛纽斯 陛下，他这就要到他母亲的房中去了，
我这就在挂毯后面躲藏起来，
听他们怎么说；我敢说，王后一定会
好好地教训他一顿，你说是——说得
也真是高明，做母亲的，出于母亲的天性，
难免有偏心，最好是，另外有个人，
悄悄地在一旁窃听。再见吧，陛下。

110

在陛下安寝之前，我还会来见你，
向陛下报告情况。

国　王　　　　　　　　　　有劳了，好大人。

[波洛纽斯下]

唉，我一身罪孽，臭气直冲天庭，
那原始的、最古老的诅咒；落到了我头上——①
我犯下杀兄的罪行。我休想祷告了，
尽管我有愿望，有意志，又那么迫切，
更凶狠的罪行压倒了我强烈的心愿；
就像一个人，同时要做两件事，
不知道该先做哪一件好，只落得
进退失据，无从下手，两头落了空。
这可诅咒的手，凝结着厚厚一层
兄长的鲜血，只怕慈悲的上天
降下大雨，也不能把它冲洗得
雪一般白；怎么办？指望于慈悲的
不就是正视罪恶的面目吗？再说到
祈祷，不是有双重的功能吗？既防止
我们的堕落，又宽恕那失足的罪人。
那么，仰望上天吧。过错已犯下了——
可是唉！我该怎么祷告才好呢？——
"饶恕我犯下了杀人罪吧！"这可不行，
我仍然占有着我行凶抢劫的珍宝——
我头上的王冠，（野心啊！）和我的王后。
想得到饶恕，又要霸占着赃物吗？
在歪风邪气的人世，镀金的黑手
挡住了法律，用罪恶的脏物做贿赂，

---

① 指人类的祖先亚当与夏娃的长子该隐杀害其兄弟亚伯，受上帝诅咒。（见《旧约·创世记》4，11～12）

111

买通了法庭。在天上，这可行不通啊。

不容你耍花招，一切勾当都赤裸裸地

暴露出真面目，我们逃不过要面对

犯下的罪行，——都如实招认。

怎么办？还有挽救吗？试试忏悔吧。

忏悔能做到什么？做不到的又是什么？

可是，对一个没法忏悔的人，

它管什么用呢？噢，一团糟的处境！

一团漆黑，不见天日的心境呀！

噢，粘住在蛛网里的灵魂，越挣扎，

越缠得紧。天使啊，救救我吧！试试吧！

跪下吧，倔强的膝盖；钢丝般的心弦，

软下来，像初生婴儿的筋脉一般吧。

也许还能得救呢。

（跪下，在神像前祈祷）

[哈姆雷特上]

哈 姆 雷 特（蹑步走近国王身后，悄声）

报仇的机会来到了——他正在祷告呢。

我正好下手，把他送上天去吧。

（抽出佩剑）

这就算报了我的仇？ *

（剑举起又落下）那还得斟酌。

一个恶棍杀害了我父亲，为了这，

我，父亲的独生子，却把那恶棍

送上了天。

---

* 这就算报了我的仇？——此句一般版本作陈述语。译者倾向于勃拉德莱的意
  见，作问句处理。

这是以德报怨了，可不是报仇。

他突然下手，可怜我父亲，没准备，

光想着吃喝的俗念，欲念熏心，

好旺盛，就像艳阳天怒放的花朵；

他生前这笔账怎么算？只有天知道了。

若是照我们人生的想法，只怕是

他一身孽债好重啊。那么，这算是报仇？——

正当他在洗涤他灵魂，我这时下了手，

他正好轻装上阵，去天国的路。

不行。（收剑入鞘）

收起吧，我的剑，守候着一个恶时辰，

只等他喝得烂醉，他暴跳如雷，

正当他在床上翻滚，纵欲乱伦，

在赌博，赌神罚咒；在干什么勾当，

让他别指望还会有得救的希望。

我趁机扳倒他，好叫他两脚朝天，

乱踢乱蹬，好叫他漆黑的灵魂 ①

　　直滚进地狱。

　　　　　　　　我的母亲在等待我；

这延命的药要叫你自食苦果。

〔转身，悄悄下〕

国　　王（起立，痛苦地）

　　祷告飘云霄，心事停留在地面，

　　有口却无心，祷告怎么飞上天！

〔下〕

---

① 两脚朝天，乱踢乱蹬，可看作违抗天命的一种侮辱性动作；又是倒栽葱似的
　一头撞向地狱之门的象征性姿态。

第四景　王后寝宫 *

[王后及波洛纽斯谈话上]

波 洛 纽 斯　他就来了。你可得好好地教训他啊，
　　　　　跟他说，他一味地胡闹，已无法容忍了，
　　　　　要不是你娘娘处处在替他担当着，
　　　　　王上早大发雷霆了。我悄悄地躲起来。
　　　　　请你对他要严厉些。

　　　　　　　（传来哈姆雷特的呼唤：

　　　　　　　　"母亲，母亲！"）

王　　　后　都在我身上，你放心。赶紧躲好吧，
　　　　　我听得他来啦。

　　　　　　　　　　　　　[波洛纽斯躲进挂毯后]

[哈姆雷特上]

哈 姆 雷 特　怎么，母亲，有什么事？
王　　　后　哈姆雷特，你把你父亲大大地得罪了。
哈 姆 雷 特　母亲，你把我父亲大大地得罪了。
王　　　后　得啦，你别油嘴滑舌地敷衍我。
哈 姆 雷 特　好啦，你倒恶口毒舌地责问我。
王　　　后　怎么啦，哈姆雷特？
哈 姆 雷 特　　　　　　　　　　怎么啦，出什么事啦？
王　　　后　你把我忘了吗？
哈 姆 雷 特　　　　　　　没有忘，我起誓，忘不了。

---

* 一般版本据第三幕第二景："她要殿下在就寝之前，先到她房里（her closet）
　去"把场景定为：Queens closet（似可译："王后的内室"）。"寝宫"泛指王
　后燕居的宫室，不一定特指卧房。"新亚登版"不赞同现代演出往往作为卧房
　处理。

114

你是王后——你丈夫的兄弟的妻子，

你也是我的母亲——我但愿不是。

王　　后　别说了，我去叫会说话的来跟你谈。

哈姆雷特　（把准备起立的王后按回座位上）

来吧，来吧，坐下吧，不许你动一动。

你不能走，我要竖一面镜子

在你面前，（逼近她的脸）

让你瞧瞧自个儿的灵魂。

王　　后　（惊慌失措）

你要干什么呀？你不是要来杀害我吧？

救命呀！快来人呀！

波洛纽斯　　　（在挂毯后）喂，来人呀！救命呀！

哈姆雷特　怎么？有耗子！

（拔剑）活不成了，我打赌，没命了！

（向挂毯刺去）

波洛纽斯　（在挂毯后）哎哟，我死于非命了！

（倒地而死）

王　　后　天哪，你干下了什么啦？

哈姆雷特　嘿，我不知道。是国王在幕后吗？

王　　后　哎哟，不顾死活，杀人害命啦！

哈姆雷特　杀人害命，真可恨！——好母亲，这可恨就像杀了

国王，再嫁给小叔子一个样。

王　　后　（大吃一惊）

像杀了国王？

哈姆雷特　　　　　对，母亲，我就是这句话。

（掀起挂毯，发现波洛纽斯的尸体）

你这个多管闲事的倒楣蛋，再见了。

我还道是你的主子呢。你自认晦气吧。

现在你该知道了，管闲事，有性命出入呢。

（转向吓坏了的王后）

别只管扭你的手。别闹了，快坐下吧。
我当真不假，就是要扭住你这颗心——
只要你不是铁石心肠，只要人世的
歪风邪气还不曾叫你的心变得
厚颜无耻。

王　　后　　　　　　我干了什么错事，
你竟敢大吼大叫，血口喷人地
冲着我吐出这一串不中听的话？

哈姆雷特　你干下的事，玷污了美德和廉耻，
使贞洁成了假正经，纯洁的爱情
被你摘去了她戴着的玫瑰花冠，
把烙印打上了她额头；使婚姻的盟誓①
像赌徒的罚咒一样地虚伪——唉，
这是把盟约掏空成没灵魂的躯壳；
叫神坛前的婚礼变成了谎话连篇。
苍天也羞红了脸，茫茫的大地
愁容满脸，煞像是末日来临了——
只因为想到了人间干下的好事！②

王　　后　　哎哟，一上来就吼叫，就暴跳如雷，
究竟为的什么呀！

哈姆雷特　　　　　　　　你瞧瞧这一幅肖像，
再瞧瞧这一幅，这是两兄弟的画像。③
你瞧这一个的容颜，多高雅庄重，
长着太阳神的鬈发，天帝的前额，
叱咤风雨的战神的威武的双眼，

---

① 古代惩罚娼妓，在她额头打上烙印。
② 指他母亲迫不及待地再嫁。
③ 十九世纪英国舞台演出常这样处理（为奥利佛摄制的影片所采用）：王子拿
　起挂在自己胸前的细密画像，又从母亲胸前拉起克劳迪斯的细密画像，把二
　者并列在一起作对比。

像刚从天庭降落的神使，挺立在

高耸入云的摩天岭上，那仪表，那姿态，

十全十美，就仿佛每一位天神

都亲手打下印记，向全世界昭示：

这才是男子汉！他是你原先的丈夫。

再瞧瞧第二个吧——这是你眼前的丈夫，

像蔓延病毒的霉麦穗拿它的毒素

去毒害他健壮的兄长。你有眼珠吗？

走下了郁郁葱葱的山林，你居然①

去到荒野觅食！嘿，你有眼珠吗？

你说不出口：为爱情；到了你这年纪，

不该是欲火朝天了，该冷静下来了，

能听从理智的判断了；你的头脑

是怎么决定的呢？——叫你跨出这一步，

从高处堕落到窿地。当然，你行动，

就有知觉，可是你这知觉一定是

麻木了——发了疯，也不会犯这个错；

神魂颠倒，也不至于黑白不分，

看不出这千差万别的天悬地殊。

哪一个魔鬼在跟你玩捉迷藏，

把你的两眼蒙住了？有眼睛，没触觉；

有了触觉，偏又丢掉了视觉；

有耳朵，没眼睛，不生手，光剩下嗅觉，

别的都没有了——哪怕仅有的感觉

都残缺不全了，也不至糊涂到这地步！

丢丑啊！你这张脸怎么不红一红？②

半老的大娘了，骨髓里居然燃烧起

---

① 这里用无知的牲口作比喻，讽刺王后不辨好歹。

② 你这张脸，拟人化用法，指"丢丑"（Shame）而言。

117

　　　　　　地狱的孽火，那么在青春的烈火中，
　　　　　　让贞操像蜡一般融化吧！
　　　　　　顾什么脸面！——挡不住热辣辣的淫欲，
　　　　　　横冲直撞地扑过来，连冰雪都着火了，
　　　　　　"理智"做跑腿，充当了"情欲"的牵线！

王　　后　　哎哟，哈姆雷特，别说下去了！
　　　　　　你叫我睁开眼直看到我灵魂深处，
　　　　　　看见了那里布满着斑斑的黑点，
　　　　　　这污秽再也洗不清了！

哈姆雷特　　　　　　　　　　　　这样不好吗？——
　　　　　　日夜不分地泡在一张汗淋淋、
　　　　　　油腻腻的床上，在沸腾的淫欲里打滚，
　　　　　　守着肮脏的猪圈，又调情，又做爱！

王　　后　　噢，别冲着我说这些啦！
　　　　　　这些话像一把把刀子，直刺我耳朵，
　　　　　　别说啦，好哈姆雷特。

哈姆雷特　　　　　　　　　　一个杀人犯，
　　　　　　一个奴才，不及你以前的夫君
　　　　　　二十分之一的十分之一。恶棍，
　　　　　　冒充国王的小丑，一个扒儿手，
　　　　　　他窃取的，塞进口袋的，是王国，是王座，
　　　　　　是镶满珠宝的王冠——

王　　后　　别说啦！
哈姆雷特　　一个打补丁的、穿百结衣的国王——①

　　　　　　　　　　［阴魂出现］

　　　　　　天上的守护神，保佑我，用你们的翅膀

――――――――

① 当时宫廷小丑，穿红一块绿一块拼凑起来的花花衣。

118

庇护我吧！

（向阴魂）你英灵出现，为的什么呀！

王　　后　（只见王子向空中说话）哎哟，他疯啦！

哈姆雷特　（向阴魂）

　　你可是来责备你磨磨蹭蹭的儿子吗？——
　　不该拖延了时光，消磨了意志，
　　把你那威严的命令搁置在一边，
　　耽误了大事？快说吧！

阴　　魂　　　　　　　　　　你不要忘记！
　　我此来，要磨快你那迟钝了的决心。
　　可是瞧，你母亲一脸惊愕的神情，
　　她正在跟揪住自己的灵魂挣扎，
　　你替她挡一挡吧。那最柔弱的身子
　　最容易被幻想支配。去跟她说话吧。

哈姆雷特　你怎么啦，母亲？

王　　后　　　　　　　　唉，你自己怎么啦？——
　　睁大了双眼，只管向空中瞪着，
　　只管对无形的空气喃喃地说话，
　　狂乱的神情，从你的眼里露出来；
　　好比睡熟的兵士，听得一声警报，
　　你一头平伏的发丝，突然惊醒了，
　　一根根直竖起来。噢，好孩子，
　　快快借你的克制，向你那迷乱的、
　　狂热的心火，洒几滴清凉的甘露吧。
　　你究竟在瞧什么呀？

哈姆雷特　　　　（指向空中）是他，是他呀！
　　你瞧，他瞪着两眼，脸色多苍白，
　　他这副神情，加上他的深仇大恨，
　　说给石头听，石头也会心酸啊！
　　（向阴魂）

　　　　　　　不要只管瞧着我，你满脸的怜悯，
　　　　　　　只怕会动摇、会转变我坚决的意志；
　　　　　　　我决心干的事，会因之失去了本色——
　　　　　　　让眼泪代替了殷红的鲜血。

王　　　后　你在跟谁说这些话呀？

哈姆雷特　瞧那边，你什么也没瞧见吗？

王　　　后　有什么，我总看得见，可什么也没有呀。

哈姆雷特　你什么也没听见吗？

王　　　后　什么也没听见，只听到我俩的声音。

哈姆雷特　瞧，瞧那边，你瞧，它悄悄地走了。
　　　　　　　我父亲，穿一身他生前所穿的服装！
　　　　　　　瞧，他走啦，这会儿正从门口出去啦。

　　　　　　　　　　　　　　　　　　　〔阴魂消失〕

王　　　后　（为他抹脸上的冷汗，爱怜地）
　　　　　　　这全是你那发热的头脑在虚构！
　　　　　　　神经错乱了，就会无影无踪地
　　　　　　　虚构出种种幻象来。

哈姆雷特　　　　　　　　　神经错乱？
　　　　　　　我的脉搏，也跟你一样，很平稳呢，
　　　　　　　跳动得同样地正常，有节奏，方才
　　　　　　　我说的决不是疯话，你考问我好了，
　　　　　　　我一字不落地给你再说一遍，
　　　　　　　让疯子来说，就颠三倒四了。母亲，
　　　　　　　看上帝分上，快不要自欺欺人吧，
　　　　　　　为了安抚你良心，说这是我疯了，
　　　　　　　并不是你的失节在吐露真相。
　　　　　　　那只是让脓包结一层掩盖的硬皮，
　　　　　　　这底下，只是在腐败，在溃烂，在扩散。
　　　　　　　向上天认罪吧，忏悔过去的行为吧，
　　　　　　　躲避将来的惩罚吧；不要把肥料

去浇莠草，眼看它越长越旺盛。
原谅我义正词严地说了这一番——
可不是，当今这臃肿丑恶的时世，
"正义"也只得向"罪恶"乞求它原谅，
为了它的好，反向它磕头又求拜。

王　　后　哈姆雷特啊，你把我的心劈成了两半！
哈姆雷特　那就把烂了的那一半扔掉吧！
留着另一半，从此过干净的日子。
晚安吧；可听着，别上我叔父的床。
哪怕你失节了，也装成贞洁的模样吧。
习惯，是妖魔，会把人的羞耻吞食了；
也可以是天使；日积月累地做好事，
时间长了，习以为常了，养成了好习惯。
熬过了今夜，第二夜要压制欲火，
就不那么难了；再下一次，更容易了；
习惯养成了，天性也随着改变了；
那力量可真大啊，不是把魔鬼迎进来，
就把它赶出去。再说一遍，晚安。
一旦你祈求上帝来为你祝福，
我也要祈求你为我祝福。

（指倒地的尸体）至于他，
这位大老爷，叫我好后悔，可是，
这也是天意，借他来惩罚我，①
借我来惩罚他。注定我该做一个
手舞皮鞭、执行天意的恶煞。
我先把他打发了，再去承担那
杀了他的罪名。再说一遍，晚安吧。

---

① 借他来惩罚我，指王子授人以柄，国王有了处罚他的理由。"新亚登版"认为
指误伤人命后，良心所受的谴责。

　　　　　　　　　　　只为我存好心，顾不得发狠下毒手，

　　　　　　　　　　　这事干错了，可还有更糟的在后头。

　　　　　　　　　　　还有一句话，好母亲。

王　　后　　　　　　　　　　　　　　叫我怎么办呢？

哈 姆 雷 特　我可决不会撺掇你该这么办：——

　　　　　　　让那臃肿的国王再把你骗上床，

　　　　　　　放肆地拧你的脸蛋，称呼你"小耗子"，

　　　　　　　让他用臭嘴巴亲了你几下，还用他

　　　　　　　该死的手指儿在你的脖子上摸弄着，

　　　　　　　就哄得你把你知道的全都说出来，

　　　　　　　说其实我并没有疯，只是在装疯。

　　　　　　　你让他知道，那很好呀！——哪一位王后，

　　　　　　　又漂亮，又懂事明理，会对一只癞蛤蟆，

　　　　　　　对一只蝙蝠，一只公猫，把一件

　　　　　　　关系这么重大的事隐瞒下来呢？

　　　　　　　哪一个肯不讲呢？不，理智，不用管，

　　　　　　　机密，不用管；只管学寓言中的猴子，①

　　　　　　　打开屋顶上的鸟笼，放小鸟飞出去，

　　　　　　　就钻进鸟笼，好试试自己的能耐，

　　　　　　　结果摔下来，把你的脖子都摔断了。

王　　后　　你放心吧，如果语言来自气息，

　　　　　　　气息来自生命；那来自我生命的气息

　　　　　　　决不会吐露你对我所说的半句话。

哈 姆 雷 特　我非去英国不可了，你可知道？

王　　后　　哎哟，我忘了，确是这么决定的。

哈 姆 雷 特　文书已封了漆，派我那俩同学去递交；

　　　　　　　我对他们的"信任"，就像我会"信任"

---

① 这寓言已失传，大意似谓猴子看见鸟儿冲出鸟笼，飞向天空，它如法炮制，
　先钻进鸟笼，然后"飞"出来，结果摔下而死。

蝰蛇的毒牙。由他们一路上奉命
前呼后拥，送我去进牢笼。瞧他们吧，
是不是做得到。这可是好玩的事儿：——
开炮的给自己的炮弹轰了；不管怎样，
我要在他们的地道下面挖地道，
把他们轰上天。噢，真是太妙了——
针锋相对，用诡计去顶住诡计。

（指着尸体）
这家伙要打发我背起包袱上路了，
我把这尸体拖到隔壁的房间去。
母亲，晚安吧。眼前这位枢密大臣
可是最安稳、最庄重、最守口如瓶了，
尽管这家伙生前是：愚蠢又多嘴。
来吧，老兄，我给你安排个结局吧。
晚安吧，母亲。

[拖波洛纽斯尸体下]①

---

① 在实际演出中，王后可不必下场，下一幕一开头就有她的戏。

第四幕

第一景　王后寝宫

[国王及王后上，罗森克兰、吉登斯丹随上]

国　　王　一定有什么事叫你这么一声声
　　　　　叹着大气，快给我说个明白吧——
　　　　　你理该让我知道。我的儿子呢？

王　　后　（向罗、吉二人）
　　　　　请二位暂且回避一下。

　　　　　　　　　　　　　　　　　[二人退下]

　　　　　我的好陛下啊，吓死我了，今晚的事儿！

国　　王　怎么，葛特露德，哈姆雷特怎么啦？

王　　后　他疯啦！疯劲儿像狂风跟怒海搏斗；
　　　　　他发作了，就无法无天，忽听得幕后
　　　　　有动静，当即抽出了他的剑，嚷道：
　　　　　"有耗子，有耗子！"没想到他神经错乱了，
　　　　　刺杀了那幕后的老好人。

国　　王　　　　　　　　　　　　　有这等事！
　　　　　要是我在场，我这条命也要送在他手里了。
　　　　　由着他胡来，人人都提着性命过日子——
　　　　　对你自己，对于我，对无论哪一个。
　　　　　唉，这血腥的暴行该怎么交代呢？
　　　　　人们会要我来担当这责任，埋怨我
　　　　　明知道会闯祸，却没有趁早把这个
　　　　　发疯的年轻人管起来，关起来，不让他

到处乱走乱闯。都是我太爱他了，
明摆着该怎么处置他，却想都不愿想；
像有人得了恶病，却害怕说有病。
听凭它把生命的元气都耗尽了。他呢？
他在哪儿？

王　　后　　　　　　拖着他杀害的尸体
走开了——虽说他疯了，可就像矿渣里
闪亮出纯金，他一看到他闯的祸，
天良发现，就哭了。①

国　　王　　　　　　　　　哎哟，葛特露德，
快别这样！只等到阳光一照上山头，
就用船把他打发走。对这一罪行，
我只得凭我的权威，用尽我手腕，
来保住体面，把事情掩盖过去——
喂，吉登斯丹！

［罗森克兰及吉登斯丹上］

你们二位再去找些人手帮忙。
哈姆雷特疯病发作了，杀死了波洛纽斯，
他把老人从母亲的房里拖走了。
快去找他来——要跟他好言好语的——
把遗体抬进教堂去。这事要赶紧办。

［二人急下］

来吧，葛特露德，最有见识的朋友们，
我都要请了来，让他们知道这事故，

---

① 就哭了，应是王后救儿心切，过甚其词——王子只说"我后悔了"。不妨想
像王后说儿子哭了，她自己也着急得哭泣了，国王因而接着慰劝她："快别
这样"。

和咱们打算怎么办；这样可免得
天南地北，散布着窃窃私语，
说长道短，连累到咱们的名声——
就像大炮把炮弹瞄准了目标，
结果却扑了空，一点没事儿。来，
我心里乱糟糟，焦急、烦恼满胸怀。

[挽王后下]

第二景　宫中

[哈姆雷特上]

哈 姆 雷 特　安顿好了。

（传来呼唤声："哈姆雷特！哈姆雷特殿下！"）

且慢，什么声音？谁在喊叫："哈姆雷特！"——
噢，他们俩来啦。

[罗森克兰及吉登斯丹上]

罗 森 克 兰　殿下，你把那尸体怎么样了？
哈 姆 雷 特　它去跟泥土做伴了，泥土是他的本家。
罗 森 克 兰　跟我们说它在哪儿，我们也好把它抬到教堂去。
哈 姆 雷 特　你们可相信不得。
罗 森 克 兰　信不得什么呀？
哈 姆 雷 特　别以为我听了你们的"知心话"，会保不了自己心
　　　　　　里的机密话。再说，我可是一国的王子啊，现在一
　　　　　　块海绵倒来向我问话了，叫我怎么回答好呢？
罗 森 克 兰　你把我看成了一块海绵，殿下？

哈姆雷特　哼，老兄，这海绵最会吸收君王的恩宠、赏赐和他的权势。可是这一类官儿直到最后才对国王最得力。国王把他们——就像猴子把硬果一般——先含在嘴里舔弄一番，最后才一口咽下去。一旦他想要回那给你们吸收去的东西，只消把他们挤一下就可以了——于是海绵啊，你又成了干瘪瘪的一块了。

罗森克兰　我不懂你说的话，殿下。

哈姆雷特　听不懂，那就更好了，没正经的话在傻瓜的耳朵里睡大觉。①

罗森克兰　殿下，你可得告诉我们，尸体弄到哪儿去了，然后跟我们一起去见国王。

哈姆雷特　那尸体附在国王的身上，可国王并没附在尸体身上。国王是一件东西——

吉登斯丹　一件东西，殿下？

哈姆雷特　不是东西的东西。带我去见他吧。

〔同下〕

第三景　宫中

〔国王及二三大臣上〕②

国　　王　我派人去找他，去寻找那具遗体了。
　　　　　由着这家伙胡来，有多么危险啊！
　　　　　可是又不能用严厉的法律惩办他，
　　　　　那不明事理的群众，就是爱戴他。
　　　　　他们喜欢人，凭眼睛，不是凭理性，

---

① 意谓对牛弹琴。

② 二三大臣上，从"新亚登版"，代表国王方才跟王后所说的要请来"最有见识的朋友们"。

127

因此只看到，犯法的被判了重刑，
却不管犯的法有多重。要四平八稳，
这么局促地把他打发走，就必须
显得郑重考虑过。正像人所说的，
重病得用重药医，否则不用谈了。

[罗森克兰、吉登斯丹及侍从上]

怎么啦，事情怎么样啦？
罗森克兰 陛下，尸体给他放到哪儿去了，
我们问不出来。
国　　王 可是他人在哪儿？
罗森克兰 在外边，陛下，有人看着，听候你吩咐。
国　　王 带他来见我。
罗森克兰 喂！带殿下进来。

[哈姆雷特上，后随卫士数人]

国　　王 来，哈姆雷特，波洛纽斯呢？
哈姆雷特 吃晚饭去了。
国　　王 吃晚饭去了？去哪儿？
哈姆雷特 不在他吃东西的地方，在东西吃他的地方。来了一
帮子上蹿下跳的蛆虫，开了个联席会议，正在一起
对付他呢。你知道，蛆虫才算得上大王呢——它是
头号天吃星。我们喂肥了牛羊来养肥我们自己，我
们养肥了自己，来喂蛆虫。你那个胖胖的国王和你
那瘦瘦的乞丐，只是口味不同的两道菜，端上了一
张食桌。最后就落到这下场。
国　　王 唉，唉！
哈姆雷特 有人可以用一条拿国王当点心的蛆虫去钓鱼，鱼吃

了蛆虫，人又吃了那条鱼——

国　　王　你这一番话是什么意思？

哈姆雷特　没什么意思，无非要你看到，一位国王怎么会进入一个乞丐的肠胃里周游一番。

国　　王　波洛纽斯在哪儿？

哈姆雷特　上天去了，派个人去天上瞧瞧吧。万一天上找不到他，那么你另换一个场所，亲自找他去吧。① 不过，说实话，要是你找了他一个月还没找到，那么你登上了楼梯，跨进了走廊，你的鼻子自会把他嗅出来了。

国　　王　（向侍从）快到那边去找他！

哈姆雷特　他走不了，在盼望你呢。

　　　　　　　　　　　　　　　　　　　　　　　［侍从急下］

国　　王　哈姆雷特，你干出了这种事，好叫我痛心！
　　　　　我还得为你的安全，好不担心；
　　　　　因此我必须打发你火速出走。
　　　　　事不宜迟，你自己赶紧去准备吧。
　　　　　船已经装备好了，又刚好是顺风，
　　　　　陪同的人员在等候你，只等你一到，
　　　　　就出发去英格兰。

哈姆雷特　去英格兰？

国　　王　　　　　　对，哈姆雷特。

哈姆雷特　　　　　　　　　　好吧。

国　　王　怎么不好呢，要是你知道了我一番苦心。

哈姆雷特　我看见了一位天使，天使看见了你的“苦心”。可是，走吧，去英格兰。再见了，亲爱的母亲。

国　　王　我是你慈爱的父亲呀，哈姆雷特。

哈姆雷特　我的母亲。父母是夫妇，结为夫妇是结成为一体；

─────────

① 意谓你下地狱去找他吧。

所以说，我的母亲，走吧，去英格兰！

（下，卫士随下）

（向罗森克兰）

紧紧地跟住他。哄他赶紧上船去，

切不可耽搁——我要他今夜就出发。

去吧，凡是跟这件事有关的一切

都办妥了。二位务必要速去速回。

［罗、吉二人下］

英格兰啊，如果你想求取我的恩惠，①

我的威力能叫你心有余悸——

丹麦的利剑给你留下了疮疤，

那一道道紫痕，至今还没消退，

何况你又自愿向我低头臣服，

那你怎么敢怠慢了我的意旨；

这事该怎么处置，一清二楚地

都写明在公函：立即把哈姆雷特处死。

照办吧，英格兰；他是我发烧的心病，

　全靠你来治好了。直到大事已办成，

　我坐立不安，想笑也笑不出声。

［下］

第四景　丹麦原野

［福丁布拉率挪威军士列队上］

福丁布拉　队长，替我去向丹麦国王致意，

说是事先得到过他同意，福丁布拉

请求他派人前来给军队领路，

---

① 英格兰，这里指英国国王。

通过丹麦的国土。你知道咱们
回头在哪儿集合。如果丹麦王
有话要跟我说，我也可以当面
去向他陈述我担负的使命。去吧，
就这么对他说吧。

队　　长　　　　　　　　　　　是，将军。

福丁布拉　缓步前进。

［除队长外，众下］

　　［哈姆雷特，罗森克兰、吉登斯丹及随从等上］

哈姆雷特　好长官，这是谁家的军队？

队　　长　是挪威的军队，大爷。

哈姆雷特　请问长官，为什么要出兵？

队　　长　攻打波兰的一块土地。

哈姆雷特　谁统率你们，长官？

队　　长　挪威老王的侄子，福丁布拉。

哈姆雷特　长官，这是向波兰本土进军呢，
　　　　　还是攻打边境？

队　　长　不瞒你说，这话一点也不夸张，
　　　　　我们此去要争夺一小块土地——
　　　　　徒有虚名而并无实利，你要我
　　　　　出五块钱租下当农场，我不干。
　　　　　不管这块地归挪威，还是归波兰，
　　　　　拿去卖，你也卖不出更好的价。

哈姆雷特　这么说，波兰人根本不会去守住它了。

队　　长　哪里，波兰军早已在那里设防了。

哈姆雷特　赔上两千条生命，两万两银子，
　　　　　也解决不了这一根稻草般的问题！
　　　　　繁荣、太平的日子过腻了，就长出

这么个脓包，外表可一点看不出，
死亡已经临头了。多谢了，长官。

队　　　长　再见了，大爷。

[下]

罗 森 克 兰　　　　　　殿下，咱们走吧。
哈 姆 雷 特　我随后就来，你们先走一步吧。

[众下]

哈 姆 雷 特　我耳闻目睹这一切，都在谴责我，
鞭策我：快醒来，快报仇。一个人还算人？——
要是他一辈子的乐趣和受用，就在于
吃了睡，睡了吃。不过是畜生罢了。
老天造我们，让我们明理懂事，
又思前想后，给了我们这智慧，
这神明般的理性，决不是为了
让它霉烂，白白浪费。不知道这究竟
由于禽兽般浑浑噩噩；还是呢，
顾虑重重，把后果越想越严重——
三倍的懦弱，压倒了一份的理智。
我可不明白，我一天又一天活下去，
只说是"这件事应该做"——明明我有理由，
有决心，有力量，有办法这么做啊！
天大的榜样指点我：这儿有一支
浩浩荡荡的大军，带队的是一位
娇生惯养的王子，那雄心壮志
叫他不可一世地不屑一顾，
那不可预测的后果，全不管前途
多么凶，多么险，硬是跟命运、死亡，
跟危险，去拼搏，哪怕为了个鸡蛋壳！
真正的伟大，并不是不分皂白，
就轻举妄动；可要是事关荣誉，

132

哪怕为一根稻草，也要慷慨激烈，
争一个分晓。可是再看我，怎么样呢？——
我父亲惨遭杀害，我母亲被污辱了，
这深仇大恨，本该叫热血沸腾，
怒气冲天，可我，却像在睡大觉！
我能不害臊吗？——看到两万名壮士
只为了一点儿虚名，视死如归，
下坟墓，只当上床去。争夺一块地，
还容纳不下这么多人当战场；
当坟墓，还不够落葬那许多阵亡者。
　　噢，从今以后，让我满脑际
　　再没有杂念，只一股杀人的动机！

〔下〕

第五景　宫中

〔王后，霍拉旭及一侍臣上〕

王　后	我不想跟她说话。
侍　臣	她一定要见你，
	半疯半痴的，那模样儿真让人可怜。
王　后	她要怎么样呢？
侍　臣	她老是说到她父亲，说是她听说
	这世界真坏；又哼哼，又捶着胸口，
	鸡毛蒜皮的小事都惹她生气，
	她说话含含糊糊，你只能懂一半，
	猜一半；虽然说的话不知所云，
	无非东拉西扯，可触动了听的人，
	他们会拼拼凑凑，半猜半想地，
	牵强附会地，去凑合自己的想法；

　　　　　　她说话，又眨眼，又点头，又做手势，
　　　　　　使人总觉得尽管拿不准，这里边
　　　　　　可大有文章——决不是什么好事。

霍　拉　旭　还是跟她谈谈的好，也免得她招来了
　　　　　　人家的胡思乱想，说三道四。

王　　　后　让她进来吧。

　　　　　　　　　　　　　　　　　　　　［侍臣下］

　　　　　　（自语）

　　　　　　我内疚的灵魂，体会着罪孽的本性，①
　　　　　　为一点小事，不由得肉跳心惊。
　　　　　　犯罪的犯了心病，猜疑满心田，
　　　　　　越想瞒得紧，可越是露了馅。

　　　　　　　［奥菲丽雅披头散发、边唱边上］

奥 菲 丽 雅　美丽的丹麦王后在哪儿呀？

王　　　后　怎么啦，奥菲丽雅？

奥 菲 丽 雅　（唱）

　　　　　　　　为你把真心的情哥哥来认，
　　　　　　　　　叫我怎知道他是谁？——
　　　　　　　　　但看他穿草鞋，持手杖，
　　　　　　　　　一顶贝壳帽儿头上戴。②

王　　　后　哎哟，好姑娘，这支歌儿是什么意思呀？

奥 菲 丽 雅　你说呢？别管它了，请听我唱吧：——
　　　　　　　　姑娘可知道，他离开人间了，
　　　　　　　　　他离开人间魂归天，

---

① 我内疚的灵魂，表明王子对她的责备已触动了她的灵魂。
② 穿草鞋，持手杖，戴贝壳帽，都是朝圣者的装束。以贝壳饰帽，表示曾去西
　　班牙拜见圣徒詹姆斯的神龛。当时诗歌常把忠诚的情郎比作虔诚的朝拜者。

　　　　　头上盖着黄土长青草，
　　　　　　石碑竖立他脚跟边。

　　　啊，呵！
王　　　后　别唱了，可是，奥菲丽雅——
奥 菲 丽 雅　请你听好了——（唱）

　　　　白色尸衣像山头的雪——

　　　　　　　［国王上］

王　　　后　唉，陛下，你瞧！
奥 菲 丽 雅　（唱）

　　　　　雪白尸衣撒满了那鲜花，
　　　　　带露的鲜花在淌泪，
　　　　　情妹妹的珠泪如雨下！①

国　　　王　你好吗，美丽的姑娘？
奥 菲 丽 雅　很好呀，上天保佑你。听人说，猫头鹰是面包师
　　　　　　的女儿变的。②天啊，咱们知道咱们目前是这个
　　　　　　样，将来怎么样，就难说了。愿上帝坐到你的食
　　　　　　桌边。③
国　　　王　（向王后）她心里在想着父亲啊。
奥 菲 丽 雅　咱们别提这个了，要是有人问到你，这是怎么一回
　　　　　　事，你就这么说吧：

――――――――――

① 在奥菲丽雅的错乱恍惚的神思里，她失去的情郎（哈姆雷特）已经死了，而
　她就是泪如雨下的"情妹妹"。
② 传说耶稣曾乞求面包，而遭到面包师的女儿拒绝，她被罚为猫头鹰。
③ 意即款待上帝，不要像面包师的女儿拒绝上帝。

（唱）

　　　　明天来到了情人节，

　　　　　有情人一早都起身，

　　　　我大姑娘来到你窗口前，

　　　　　一心想做你意中人。①

　　　　情哥下了床，衣服披上身，

　　　　　赶快拔闩开房门，

　　　　让进去的是位大姑娘，

　　　　　送出门的，已不是女儿身。

国　　　王　美丽的奥菲丽雅——

奥 菲 丽 雅　真是的，不用赌咒了，我且把它唱完吧——

　　　　天上的神明发慈悲，

　　　　　干下的事儿太丢人；

　　　　小伙子有便宜总要沾，

　　　　　都怪他那股亲热劲。

　　　　姑娘说："你把我按倒前，

　　　　　本答应娶我做新娘。"

　　　那哥儿回答道：——

　　　　"太阳在头上，我心里本这么想，

　　　　　只怪你自己，上门又上我的床。"

国　　　王　她这个光景已经多久了？

奥 菲 丽 雅　我只巴望最后会有好收场。我们可得学会忍耐啊。

　　　　可是叫我怎么能不哭呀！想想吧，他们要把他埋进

―――――――

①　传说在情人节（二月十四日）少男会爱上他第一眼看到的姑娘。

136

寒冷的地底下了呀！这事一定得让我哥哥知道。我
多谢各位了：给我出的好主意。来，我的马车。晚
安，夫人——晚安，可爱的小姐们——晚安——晚
安……

[喃喃地走出大厅]

国　　王　紧紧地跟住她，好好当心她，请你快去吧！

[霍拉旭追下]

唉，这心碎肠断的悲伤，害苦了她，
都为了她父亲的死亡。现在你看吧——
葛特露德，葛特露德呀，
祸不单行，它先是派出个密探，
随后就涌来了大队人马。一开头，
她父亲被杀害，接着你儿子出远门了——
送他去海外，也是他闯下了大祸。
自取其咎。老百姓却不明真相，
一肚子猜疑，到处在窃窃私议，
都为了好人儿波洛纽斯的暴死。
只怪我做事欠考虑，就这么私下里
草草地把他埋葬了；可怜的奥菲丽雅，
受不住打击，丧失了清明的理智——
理智丧失了，人徒有其表，成了禽兽了；
最后，超过这一切，最使我头痛啊——
她哥哥已经悄悄地从法兰西回来了，
包围在一团疑云里，越想越心乱，
少不了那些嚼舌头的，来搬弄是非，
拿他父亲的死，大做其文章，
把挑拨的语言尽往他耳朵里灌。
他们拿不出事实根据，就只好
随心所欲地把罪名栽在我头上，
还到处去散布。唉，我亲爱的葛特露德，

137

就像被开花炮击中了，可怜我，只落得
血肉横飞，死了一次都不够呢。

（宫外传来喧闹声）

|王　　后| 哎哟，外面在闹什么哟！|
|国　　王| 　　　　　　　　　　　你听！|

我的瑞士兵呢？叫他们把守好宫门。①

［一使者匆忙上］

出了什么事啦？

|使　　者| 　　　　　　快躲避一下吧，陛下。|

冲破了堤防，淹没了平原的海浪，
来势汹汹，也比不上年轻的莱阿提斯；
一帮子人，他带头，造反了，压倒了
宫门的警卫队。暴徒们呼唤他王上，
仿佛这个世界，到目前刚开始，
历来的老规矩全忘了，那习俗不要了，
维护传统的金玉良言丢掉了；
只听得他们高呼道："我们选定了！
拥护莱阿提斯做国王！"扔帽子，举手，
一阵阵吹呼声高入云霄："我们
拥护莱阿提斯做国王！莱阿提斯，国王！"②

|王　　后| 叫得多起劲，可鼻子的嗅觉全错了，|

你们错乱了跟踪追迹的方向啦——

---

① 当时有很多瑞士人在欧洲各国充当雇佣军，尤其是充当皇室的警卫队。
② 古代丹麦国王由选举产生。在贝尔福莱所著小说中，哈姆雷特为父报仇后，
得到群众一致拥护，继承王位。

迷路的丹麦狗。①

（继续传来喧闹声）

国　　王　宫门被冲开了，

［莱阿提斯持剑直冲进来，后随群众］

莱 阿 提 斯　国王在哪儿？——弟兄们都退到外边去。
众　　人　不，放我们进来吧！
莱 阿 提 斯　求你们啦，让我独个儿来对付吧。
众　　人　听从你的，我们听从你。
莱 阿 提 斯　多谢各位了。把守住宫门。

［众下］

（直冲到王座前）
　　　　　噢，你这残暴的国王，还我父亲！
王　　后　（拉住他）安静些吧，好莱阿提斯。
莱 阿 提 斯　要是我身上有一滴血能安静下来，
　　　　　我就是野种，我父亲就是王八，
　　　　　我亲生母亲的冰清玉洁的额头上，
　　　　　打上了臭婊子的烙印。
国　　王　　　　　　　　究竟为什么呀？——
　　　　　你这么声势汹汹，无法无天？
　　　　　放开他吧，葛特露德。别为我本人担心，
　　　　　君王四周自有一道圣光围护着，
　　　　　"叛逆"，心怀鬼胎，只能是偷看，
　　　　　却休想到手它看中的。我说，莱阿提斯，
　　　　　你干吗暴跳如雷？——放开他吧，葛特露德。

————————

① 王后在这里以猎狗凭嗅觉追踪猎物作比喻，并非侮辱性语言。

139

　　　　　　　　你说呀，汉子。

莱 阿 提 斯　我的父亲呢？

国　　　王　　　　　　　死啦。

王　　　后　（把手伸向国王）可跟他不相干呀。

国　　　王　他要问的，让他尽量问好了。

莱 阿 提 斯　他怎么会死去的？想哄我是哄不过去的。
　　　　　　　忠心，见鬼去吧——向漆黑的魔鬼宣誓吧！
　　　　　　　良心，仁义，滚到无底的地狱去吧！
　　　　　　　下地狱？我不怕！我站稳了我的立足点，
　　　　　　　不管天堂地狱，全跟我不相干。
　　　　　　　有什么报应就什么报应，我只要
　　　　　　　替父亲痛快地报仇！

国　　　王　　　　　　　　　　谁阻拦你了？

莱 阿 提 斯　全世界休想阻拦我——除非我自己。
　　　　　　　我自有好手段，不费吹灰之力，
　　　　　　　就达到我的目的。

国　　　王　　　　　　　　好莱阿提斯，
　　　　　　　你一旦弄清楚了原因：你的好父亲
　　　　　　　是怎么死的，难道你的报仇方式
　　　　　　　是不分冤家朋友，来一个统吃？——
　　　　　　　管他是输家，赢家。①

莱 阿 提 斯　我只找我冤家算账。

国　　　王　　　　　　　　　　想认识那个人吗？

莱 阿 提 斯　我父亲的好朋友，我张开双臂欢迎他，
　　　　　　　而且要学那舍生哺雏的塘鹅，②
　　　　　　　向他们不惜献上我生命的鲜血。

————————

① 统吃，赌场用语。按理只能"吃"输家，不能"吃"赢家，意即只能向仇人，
　　不能向朋友报仇。
② 传说塘鹅以自己的鲜血喂养幼雏。

140

国　　　王　这就对啦，现在你说话像一个好孩子，
　　　　　　一个真正的君子了。你父亲的死，
　　　　　　我是清白无辜的，而且感到了
　　　　　　万分的痛心！只要你好好想一下，
　　　　　　这事儿对于你就该像光天化日般
　　　　　　一清二楚。

　　　　　（宫外传来奥菲丽雅的歌声）

莱 阿 提 斯　怎么啦，是什么闹声？
国　　　王　　　　　　　　　　　放她进来吧。*

　　　　　〔奥菲丽雅满头戴花，疯疯癫癫上〕

莱 阿 提 斯　火烧吧，烧干了我脑髓，七倍浓的苦泪，
　　　　　　泡瞎了我的眼睛吧。老天明鉴，
　　　　　　害你发疯的，我决不会便宜他，
　　　　　　要一报回一报。噢，五月的玫瑰啊！
　　　　　　亲爱的姑娘——好妹妹——可爱的奥菲丽雅！
　　　　　　天哪，难道说一个少女的理智
　　　　　　就像老年人的生命一般脆弱吗？
　　　　　　充满了爱心的人，感觉最敏锐，
　　　　　　最敏感的人，会把本性中最珍贵的
　　　　　　献给所爱的人。①
奥 菲 丽 雅　（唱）
　　　　　　　　他光着脸儿躺在柩架上，

----

* 这里几行文字各版本处理不尽相同，此处从贝文顿编全集本。
① 最珍贵的，当指理智而言。所爱的人，莱阿提斯指她的父亲，不知道其实王
　子更是她所爱的人。

141

嗨，嗒呢嗒呢，嗨，嗒呢——

泪如雨下，洒在他坟头上……

再见了，我的鸽子呀。

莱阿提斯 （痛心地）

即使你用清明的理性恳求我报仇，

也不能像眼前这情景打动我！

奥菲丽雅 你得唱："当啊当"，于是你"称呼他当啊当"。噢，这垫底的衬词配合得多好！听！这歌儿唱的是坏心眼儿的管家偷了他东家的小姐。

莱阿提斯 这不知所云的胡扯，更说明了问题。

奥菲丽雅 （玩弄手里的花束）这是迷迭香，表示心里有个我——求你啦，我的亲亲，要记得我啊，——这又是三色堇，表示的是相思。

莱阿提斯 疯话有疯话的道理——相思，纪念，配合得好啊。

奥菲丽雅 （伸向莱阿提斯）这是给你的茴香——还有这蓝花儿。（伸向国王）这是给你的芸香花——（又拿起一枝花）这是留给我自己的。（指着芸香）我们可以叫它做"慈悲草"，① 你得把你的芸香戴得别致些。这儿是一支雏菊，我本想给你几支紫罗兰，② 可惜我父亲一死，全凋谢了。听人说，他得了一个好收场。

（唱）

英俊可爱的罗宾是我的亲亲——

莱阿提斯 哀伤，苦恼，悲痛，甚至是地狱，

都给她点化成了优雅动人的妩媚。

奥菲丽雅 （唱）

---

① 芸香，原文"rue"，另有"悔恨"之意，因此芸香象征"忏悔"。星期日，基督徒崇拜上帝，忏悔，祷告，祈求慈悲。

② 紫罗兰象征忠贞不渝；雏菊则是虚情假意的象征。

难道他再也不回来？

难道他再也不回来？

　　不会了，他离开人世了，

　　你也可以办你后事了。

他去了，再也不回来。

他的胡须好比是白银，

　　他一头白发像乱麻

他走了，他一去无踪影，

活着的，枉流泪，空伤心。

　　愿上帝宽恕他灵魂吧。

也宽恕普天下基督徒的灵魂吧！上帝和你们同在！

［下。王后随下］

莱阿提斯　（望着妹妹的背影）

看见了这情景吗？——噢，上帝呀！

国　　王　莱阿提斯，你哀痛，我应该分担一份，

否则你剥夺了我权利。你不妨挑几个

你认为最有见识的朋友，让他们

听了你的，再听我的，然后在你我之间

评一个谁是谁非。要是他们发现了

这血案，我乃是主谋，或者是同谋，

我情愿把我的王国，我的王冠，

连同我这条命——凡是一切属于我的，

都归你，没第二句话；要不是这样，

那你得耐性些，听我的劝导，我跟你

就同心协力，想办法，务必让你

出这一口气。

莱阿提斯　　　　　　　也好，就这么办吧。

他死得不明白，下葬又这么潦草——

坟头没装饰，不挂剑，也不用盾徽，

不举行隆重的葬礼，致哀的仪式，

从天上到地下，响彻了愤怒的呼声：

我一定要追求个明白。

国　　王　　　　　　　　　　会让你明白的。

罪孽落在谁身上，让无情的斧头

落到谁头上吧。请你跟我一起走。

[同下]

第六景　室内

[霍拉旭及一仆人上]

霍　拉　旭　要见我说话的是些什么人？

仆　　　人　几个船老大，大爷。他们说有信要交给你。

霍　拉　旭　带他们进来吧。

[仆人下]

我不知道天南地北，会有谁

给我写一封信，除了哈姆雷特殿下。

[水手数人上]

水　手　甲　愿上帝保佑，大爷。

霍　拉　旭　愿上帝也保佑你。

水　手　甲　只要上帝高兴，他自会保佑我们。这儿有一封写给
　　　　　　你的信，大爷。这信是派往英格兰的特使托我转
　　　　　　交的。①——人家说的没错，你的大名当真是霍拉

---

① 托水手把信带回的是哈姆雷特，水手代他隐瞒身份，说是"派往英格兰的
　特使"。

旭吧。

（交给他一封信）

霍 拉 旭（读信）

见此信后，你安排一下，让他们见到国王。他们有信要呈交国王。

我们出海才只两天，就遭到一艘耀武扬威的海盗船追逐，我们的帆船走不快，终于被他们追上了，只得挺身迎战。在一场混战中，我跳上了对方的船。他们立即撇下我们的船，掉头而去。只有我一个人当了他们的俘虏。

他们对待我很有礼貌，像一帮讲义气的海盗。不过他们这么做自有他们的用意。那就是想要得到我的回报。你先设法把我那封信送到国王手里，然后就像逃命一般火速前来看我。我有话要凑在你耳边说，叫你听了张口结舌，话都说不出来。尽管这样，语言的分量还是太轻了，事实的真相才真是可怕呢。

这几个好伙计会把你带到我目前安身的地方。罗森克兰和吉登斯丹继续乘船向英格兰航驶。他们俩的事，我有许多话要跟你谈呢。再见吧。

和你肝胆相照的

哈姆雷特

来，我带你们去送交你们的信，
然后你们得赶紧带我去见一见
那一位托你们送交这些信的人。

［同下］

第七景　宫中

[国王及莱阿提斯上]

国　　王　　现在你总得凭良心，承认我无罪了吧。
　　　　　　那你就该把我看作心腹的朋友——
　　　　　　既然你已经听说了，而且也听进去了，
　　　　　　那个杀害你高贵的父亲的人，
　　　　　　本想要我的命。

莱 阿 提 斯　　　　　　　　听起来头头是道，
　　　　　　可是告诉我，明摆着罪大恶极，
　　　　　　你干吗不立即严厉惩办那暴行呢。
　　　　　　你的安全感，见识和种种考虑
　　　　　　都在催促你姑息不得啊！

国　　王　　　　　　　　　　　唉！
　　　　　　为的是有两个特殊的缘故——也许呢，
　　　　　　你听来，微不足道；可是对于我，
　　　　　　是天大的理由啊：王后，他的母亲，
　　　　　　眼前没有他，简直活不成；我自己呢——
　　　　　　算我的德性也罢，算灾星也罢——
　　　　　　我的生命和灵魂都少她不得，
　　　　　　星球的运行离不开它的轨道，
　　　　　　我也离不开她。另外一个理由，
　　　　　　为什么我不能送他去受公开的审判呢？——
　　　　　　只因为老百姓把他爱戴得了不得，
　　　　　　他一切的过错，他们都用好感包涵了，
　　　　　　像泉水有魔力，把木头变成了石头；①

---

①　在莎翁故乡的郡内，有一石灰水矿泉，木头浸于其中，表面积聚一层石灰石，
　　终于成为石化木。

146

他们会把他的镣铐看成是光荣；
我的箭，太轻了，顶不住这呼呼的大风，
这样，非但射不到我瞄准的目标，
还会倒过来反击那拉弓的人。

莱 阿 提 斯　难道我高贵的父亲就白死了吗？
眼看我妹妹被逼疯了，也就算啦？
凭她原先的容貌品德，那真是
十全十美，可称得人间无双，
古今少有啊。这冤仇是一定要报的！

国　　　　王　放心吧，你只管睡你的觉。别以为
我是这么个软弱、不中用的料子，
让人家揪住了我的胡子死命拉，
还只当开玩笑。要不了多久就可以
让你听好消息了。我是爱你父亲的，
我也爱我本人，就凭这一点，我希望
你可以想得到——

[一使者持信上]

怎么？有消息？

使　　　　者　　　　　　　　陛下，哈姆雷特有信，
这封信是给陛下的，另一封给王后。

国　　　　王　（震惊）
哈姆雷特的信！是谁送来的？

使　　　　者　听说是船老大，陛下，我没看见他们。
克劳迪奥把信交给我，又有人把信
交给他。（把信呈上）

国　　　　王　　　　　　莱阿提斯，你可以听我读一读。
（向使者）退下去吧。

[使者下]

（朗读）

　　启禀至高无上的陛下，我光着个身子，
踏上了你的国土，伏请陛下恩准拜见天颜，
得以当面请罪，并面陈此番我不召而来，自
有种种离奇曲折的缘故。

哈姆雷特

　　　　　　　是怎么一回事？同去的人都回来了？
　　　　　　　莫非是谎话连篇，并没这回事！

莱 阿 提 斯　认得出笔迹吗？
国　　　王　　　　　　　　　是哈姆雷特的手笔。
（又读信）"光着个身子"——
这儿还有附笔呢，他说是"独个儿"。
你说这是怎么一回事？

莱 阿 提 斯　我给搞糊涂了，陛下。不过让他来吧，
我快要憋死了，这一下好出一口气啦。
我总算盼到了这一天，当面对他说：
"我向你讨命来啦！" *

国　　　王　　　　　　　　　果真是这样——
怎么会这样呢？不这样又能怎样呢？莱阿提斯，
你能听我的支配吗？

莱 阿 提 斯　　　　　　　　好，陛下，
只要你不硬是支使我向他去求和。

国　　　王　你只管放心好了。要是他回来了，
是中途而返，而且打定主意，
送他走也不走了，那我已想好个计谋，
怂恿他去干一件事，一旦他钻进去了，

---

* 我向你讨命来啦！——据"新亚登版"译出："Thus diest thou." 一般版本作：
"Thus did'st thou."（你干的好事！）

管叫他有去无回；而且他送了命，
没有半句话可以怪到咱们的头上。
就连他母亲，也猜疑不到这里边
耍了花招，只道是发生了意外。

莱阿提斯　陛下，我听候你支配。最好是设法
叫他死在我手里，我更乐于听命了。

国　　王　正好我也有这条心。你出国游学，
人们常谈起你，哈姆雷特常听说，
你有了不得的一手，你多才多艺，
可全部加起来也比不上这一手更能
激起他的妒忌心，虽然照我看，
这其实是你最不足道的本领。

莱阿提斯　说的是什么本领呀，陛下？

国　　王　不过是年轻人帽子上的缎带罢了——
倒也少不了，年轻人自该穿戴得
轻松，潇洒些，正像年长的就该
貂裘披身，显示出他庄重、懂保养。
两个月以前，诺曼底来了位绅士，
我本人见到过法国人，而且较量过，
马背上的功夫他们可真来得，而这一位，
简直是神了，好像在马背上生了根，
指挥他的坐骑创造出种种奇迹，
仿佛他和那高贵的畜生联成了一体，
他自己成了半人半马。他马上的功夫，
像飞，像腾云驾雾，甚至超出了
我天花乱坠的想像。

莱阿提斯　　　　　　　　　　是个诺曼底人吗？

国　　王　是诺曼底人。

莱阿提斯　我敢说，一定是拉蒙了。

国　　王　　　　　　　　　　　对了，正是他。

莱阿提斯	我很熟悉他。可不，整个法兰西 把他看成了一个国宝呢。
国　　王	他口服心服，承认你好不厉害， 极口赞美你武艺多么高强， 尤其钦佩你使得一手好剑， 他当众宣称，谁跟你势均力敌， 那一番交锋会叫人把眼睛都看花了。 他发誓，他本国的剑客落到你手里， 连招架都不会了，呆若木鸡地干瞪眼。 老弟，他对你的这番夸奖，却惹恼了 哈姆雷特，他妒忌得要命，咽不下这口气， 巴不得哪一天你忽然回来，好跟你 比个高低。走了这一步——
莱阿提斯	走了这一步，又怎么样呢，陛下？
国　　王	莱阿提斯，你心里真是爱你的父亲？ 还是你只是装一副悲哀的模样？　—— 哭丧着的是脸，不是心。
莱阿提斯	为什么问这个？
国　　王	并不是我疑心你不爱你的父亲， 只是要知道，爱心是时间的产物， 我看在眼里的事，也真是太多了； 爱的火花，会随着时间而冷下来， 爱的火焰即使在燃烧，火焰里 那烧焦的烛芯也会叫火光暗下来； 花好月圆的好事儿，长久不了啊， 要知道，太好了，太美了，却正因为 爱得过了分，而给毁了。要干的事， 趁着"要"，就把它干了；这个"要"是会变的。 有多少口舌，多少手，多少意外， 就会有多少动摇，多少犹豫；

那时候，那"应该"，白白浪费了叹息，
聊以自慰，却伤了身体。不谈了。①
回到问题的要害吧：哈姆雷特回来啦，
你打算怎么办？——以行动来表示：
不只是口头上，你是你父亲的儿子。

莱 阿 提 斯 在教堂，对准他喉咙，一刀子扎进去。

国　　王 当然啰，教堂也不能庇护杀人犯，
复仇可不受地点的限制。可是，
好莱阿提斯，你想下手，你就得
躲在家里，不出门。哈姆雷特回来后，
会听说你也回来了，我叫人当着他，
夸耀你武艺，那法兰西人称赞你，
他们添油加酱地捧得你更厉害。
总之，把你们两个拖到了一起，
比一个高低，赌一个输赢。他这人，
不斤斤计较，气量大，没有心眼儿，
不会去检查那比武的剑；所以你，
轻而易举地——或者耍一个小花招，
就可以挑一把开了口的剑。于是
就在你来我去的比剑中，趁机
报了你杀父之仇。

莱 阿 提 斯 　　　　　　　　我就这么干！
为了达到这目的，我要在剑头上
涂了药——我在走江湖的卖药人手里
买到剧毒的药膏，把刀尖醮一下，
只消擦破一层皮，只要见了血，
就是死；哪怕在月光下采集的药草，
提炼成妙药，也休想救得了他的命。
我把这毒药涂一点在剑头上，只消

---

① 当时认为叹息消耗心头的血液，有伤身体。

151

在他皮肉上轻轻地刺一下，看吧，
他难逃一死。

国　　王　　　　　　　让我们再推敲一下吧，
看什么时候，用什么办法下手
最方便。只怕手忙脚乱的坏了事，
露出了破绽，那么这一着还是
不要试为好。我说，怕万一失手，
总还得一计不成又来一计啊，
务必要万无一失。且慢，让我想。
你们是好功夫，刀来剑往；我呢，
有重赏——有主意啦！
你跟他交锋，拿出你火辣辣的本领，
每一个回合都斗得汗流浃背，
但等他热得要讨水喝，我这里
就为他准备好一杯毒药，即使他
逃过了你恶狠狠的剑锋，只消他
喝一口酒，咱们的目的就达到了。
且慢，是什么声音？

［王后上］

怎么样，我的好王后？

王　　后　　祸不单行！伤心的事儿一下子
都接踵而来。莱阿提斯，你妹妹淹死啦。

莱 阿 提 斯　淹死啦！噢，在哪儿？

王　　后　　河岸边，有一株杨柳伸向了河心，
嫩绿的叶子倒映在明镜般的水面，
她编织了形形色色的花环，用的是
金凤花，柠麻，雏菊，还有是长颈兰——
正经的姑娘称它为"死人的指头儿"，

152

牧羊人说粗话，给它起了不中听的名字。——
她来到小河边，爬上了杨柳树，要把那
野花编织的花冠，挂上倾斜的柳树枝，
正爬到河面上，可恨那枝条却折断了，
她连人带花，掉进了呜咽的溪流里。
她的长裙铺展在水面上，有那么一会儿，
把她像美人鱼似的托起来，她只顾
哼着一段又一段古老的民谣，
一点儿不觉得自己落进险境了，
仿佛她本来就是水里生，水里长；
可是这漂浮在水面的情景长不了，
她的衣裙浸透了水，沉甸甸的，
把正自唱着美妙的歌儿的薄命人，
拖进了死亡的泥潭。

莱阿提斯　唉，那么她是淹死了？

王　　后　　　　　　　　淹死了，淹死了。

莱阿提斯　太多的水淹了你，可怜的好妹妹啊，
我就忍住了泪水吧。可是，这也是
人之常情，人性总是要流露的，
我也顾不得出丑了。（哭泣）
　　　　　　　　泪水哭完了，
男子汉的儿女气也就出尽了。陛下，
再见吧。我空有一肚子火烧般的言语，
都叫那傻眼泪浇熄了。

　　　　　　　　　　　　　　　　　　　［下］

国　　王　　　　（向王后）我们跟上去。
我好不容易才平下了他一口气，
现在只怕他的怒火又要爆发了。
因此，让我们快跟上去吧。

　　　　　　　　　　　　　　　　　　　［同下］

第五幕

第一景　墓地

［掘墓人和伙计持铁锹、锄头上］

掘 墓 人　是按照基督徒落葬的仪式来埋葬她吗？——可她是自个儿直闯天堂的呀！①

伙 　　计　告诉你，她是这么回事，所以赶紧掘她的坟吧。验尸官已经验明，她没错，应该按照基督徒的仪式下葬。

掘 墓 人　这怎么行呢？——除非她投河是为了自卫。

伙 　　计　呃，验明了，是为了自卫。

掘 墓 人　那一定就是法律上所说的 "se offendendo"② 了，还能是什么呢？问题就在这里：要是我存心要叫自己淹死在水里，那就构成一个行为，一个行为由三个部分组成——那就是去干，去做，去实行；所以说，她是存心叫自己淹死的。

伙 　　计　不能那么说，你听着，掘坟的老大爷——

掘 墓 人　你让我说。这儿是一条河——好。这儿站着一个人——好。要是这个人下水了，因之淹死在这条河里了，那么他有意也好，无意也罢，总归是他自己下水的；你给我听好了。可要是河水冲过来，把他淹死了，那就不是他自己要去淹死在这条河里，所以说，一个人把命送了，不能怪他的不是，那么他就并不曾缩短自己的一条命。

伙 　　计　这可是写明在法律上？

154

掘　墓　人　对啊，可不是，验尸官有这条法规。

伙　　　计　你要听我说句老实话吗？要是死去的不是有体面人家的娘儿，人家才不会用基督教仪式给她落葬呢。

掘　墓　人　呃，这话给你说对了。说来也真是气人，在这个世界上，大人物就是有这个特权：投河，没事儿，上吊，没事儿；咱们老百姓，基督徒兄弟姐妹，就犯禁了。来，拿来——我的锄头。要数家世悠久，谁也不能跟咱们种地的、开沟的和掘坟的比了——是他们把亚当的行业，一代代传了下来。（继续掘坟）

伙　　　计　亚当是上等人吗？

掘　墓　人　他呀，第一个佩戴家徽呢。

伙　　　计　说什么家徽，他就是没有。

掘　墓　人　怎么，你是不信基督的异教徒吗？你的《圣经》是怎么念的？《圣经》上写明了：亚当掘地。③ 没有一双手臂，他能掘地吗？④ 我再考你一下，要是你回答得文不对题，那你给我承认，你是——

伙　　　计　来吧。

掘　墓　人　谁造下的东西，比泥水匠、比造船匠、比木匠造下的，更结实？

伙　　　计　造绞刑架的人呀，你瞧，来到绞刑架上借宿的，死掉了一千个，它却还是竖立在那里。

掘　墓　人　说实话，我喜欢你这份聪明劲儿。好样的绞刑架！——可是它又好在哪里呢？它干得好，好就好在对付那不干好事的人。你瞧，你现在不干好事，

---

① 基督教义，严禁自杀，自杀者不得举行基督徒的葬礼，也不能在教堂墓地落葬。

② 拉丁文，"侵犯"之意。掘墓人把话说反了，"Se defendendo"才是自卫。

③ 亚当和夏娃被逐出伊甸乐园，上帝惩罚亚当操劳苦役，以耕地为生。

④ "一双手臂"原文"arms"，在英语中和"家徽"是同一个词。家徽是身份门第的标志。

胡说什么绞刑架造得比教堂还结实；让绞刑架来对你做一件"好事"吧。得啦，重新回答过。

伙　　计　　谁造下的东西，比泥水匠、比造船匠、比木匠造的，更结实？

掘　墓　人　　对了；你回答对了，我就放过你。

伙　　计　　噢，我有啦。

掘　墓　人　　快说吧。

伙　　计　　我的老天，我说不上来。

掘　墓　人　　别再绞你的脑汁了吧，你这头蠢驴，再怎么用鞭子赶你，反正是迈不开步子的。下回有人拿这个问题问你，就回答他："掘坟的！"他手里造的住宅好一直住到世界末日呢。去吧，去约翰酒店给我要一壶酒来。

[伙计下]

[哈姆雷特穿水手服，及霍拉旭
　自远方上]

掘　墓　人　　（边掘坟边唱）

想当初，正年轻，我把小娘儿爱，
　她正是我心中好宝贝；
乐得我，日和夜都想不起来，
　再没有比小娘儿更开我的怀。

哈姆雷特　　（走近，向霍拉旭）这家伙无动于衷吗？也不想想他手头在干什么活——一边儿掘坟一边儿唱。

霍　拉　旭　　他经年累月干这活儿，也就不以为意了。

哈姆雷特　　说得也是，一个四肢不勤的人，才多愁善感呢。

掘　墓　人　　（唱）

谁想一转眼，老年已来到，

156

> 　　　一把抓住我，再不放；
> 　　打发我，黄土下面去安身——
> 　　　只算我，白活了这一场。

　　　　　　　　　　　　　　　　　　　　（抛起一骷髅）

哈姆雷特　这骷髅本来还有一根舌头，还能唱——看这家伙把
　　　　　它往地面上一抛，倒像这是第一个杀人犯该隐的牙
　　　　　床骨。这也许是什么政客的脑袋瓜吧，现在倒听凭
　　　　　这蠢驴来摆弄了；而他生前居然摆弄上帝呢。会有
　　　　　这回事吗？

霍　拉　旭　很有可能，殿下。

哈姆雷特　也许呢，是一个出入朝廷的大臣，他一开口就是：
　　　　　"早安，好大人。你好，亲爱的大人？"他也许是
　　　　　某某大老爷，嘴巴上只顾赞赏另一个某某大老爷的
　　　　　马儿，心里头，其实只想把它讨了来。会有这回
　　　　　事吗？

霍　拉　旭　是啊，殿下。

哈姆雷特　呃，正是这回事，现在倒好，去给蛆虫夫人当相好
　　　　　了。下巴也掉了，天灵盖给掘墓的拿一把铁锹敲来
　　　　　打去。这就是生命无常的轮回呀；也叫我们开了眼
　　　　　界。难道说，这些白骨，生前受教养，被供养，就
　　　　　为了到头来，给人当木棍儿扔着玩吗？——想到这
　　　　　里，我好难受。

掘　墓　人（唱）

> 　　　一把锄头一把锹，一把锹，
> 　　　　少不了盖一方遮尸布；
> 　　　要掘泥坑堆沙丘，堆沙丘，
> 　　　　正好打点堂客来投宿。

　　　　　　　　　　　　　　　　　　　　（又抛出一骷髅）

哈姆雷特　又是一个，谁知道这不会是律师的骷髅呢——他能
　　　　　言善辩的本领，到哪儿去啦？——还有他诉讼的案

件，他的租赁契约，他玩弄法律的好手段，都到哪儿去了呢？他倒是容忍这个疯疯癫癫的奴才，用一把肮脏的铁锹乱敲乱打他的头颅，却为什么不去控告他一个"殴打罪"呀？哼，这家伙生前也许是收买土地的大主顾，懂得搬弄他的法律条文、契约文书，勒索他的罚金，坚持他的双重担保，他的赔偿金。他罚得人家称心，叫人家赔个痛快，现在他总该称心了吧——有够多的泥土塞满了他的脑袋壳，他的保证人，哪怕是双重担保，也保证不了他再收买什么土地——只除了一式两份的文书那么长、那么短的一小方土地。这么一个小木匣，怎么装得下他那么多田地的契约？可如今只落得这么一丁点儿地盘，给这位大地主安身吗？

霍　拉　旭　就限于这么一丁点儿了，殿下。

哈姆雷特　地契是写在羊皮上的吧？

霍　拉　旭　对，殿下，也有写在小牛皮上的。

哈姆雷特　想拿羊皮、小牛皮来保住你自己的身价，他自己先就是头羊，是头小牛。我要跟这家伙说几句话——（向掘墓人）这是谁家的坟呀，喂？

掘　墓　人　（站在坑底挖土）是我的，大爷。

（唱）

要掘泥坑堆沙丘，堆沙丘，
正好打点堂客来投宿。

哈姆雷特　我看你说得倒也是，是你的，你在这里边转嘛。

掘　墓　人　你在那外边转，大爷，所以这坑不是你的了。说到我，我不在里头转，不在里头躺，可这坑还是我的。

哈姆雷特　你这是在说胡话了，跳了进去就算你的了？这是死人的坑，不是给活蹦乱跳的活人住的；所以我说，你这是不顾死活地在说胡话。

掘　墓　人	这胡话也是活蹦乱跳的啊，它会从我这儿跳到你那儿，变成了你的胡话呢。
哈姆雷特	你是在给什么人掘坟呢？
掘　墓　人	不是为什么男人，大爷。
哈姆雷特	那么是为哪一个女人掘坟吧。
掘　墓　人	也不是为了哪一个女人。
哈姆雷特	那么究竟要把谁葬在坑里边呢？
掘　墓　人	她本来是个女人，可是——但愿她的灵魂得到安息吧，现在她是个死人了。
哈姆雷特	这家伙倒是挺会抠字眼。看来我们只好说一是一，说二是二了，绝对含糊不得，否则一开口就会出乱子。老天，霍拉旭，这三年来，我注意到，这时代变得咬文嚼字了，乡巴佬的脚尖已经紧逼着朝廷贵人的脚跟，快要擦破他们脚后跟的冻疮了——你做这掘坟的，已经多久啦？
掘　墓　人	我干这营生，不早不晚，恰好就在那一年的那一天，老王哈姆雷特打败了福丁布拉。
哈姆雷特	那是多久以前的事啦？
掘　墓　人	难道你不知道吗？就连傻瓜都能告诉你，那就是小哈姆雷特出世的那一天啊——他已经疯啦，给打发到英格兰去啦。
哈姆雷特	啊，我的天，为什么要把他送到英格兰去呢？
掘　墓　人	啊，因为他发疯了呀。他到了那一个国家，神志自会清楚起来。即使好不了，在英格兰就没关系了。
哈姆雷特	为什么呀？
掘　墓　人	英国人不会看出，原来他是个疯子。他们自己也跟他一样地疯呀。
哈姆雷特	他怎么会发疯的？
掘　墓　人	这病可来得好奇怪啊，人家说。
哈姆雷特	怎么奇怪？

掘 墓 人 不瞒你说，他神志不清啦。

哈姆雷特 毛病出在哪儿呢？

掘 墓 人 毛病出在这儿丹麦呀。我在这儿干这掘坟的营生，从小到大，已干了三十年啦。

哈姆雷特 一个人落了葬，要多少天才腐烂呢？

掘 墓 人 说实话，一个人还没死去，先就腐烂了，那是另一回事了——如今害杨梅疮死的太多了，他们埋葬的时候，尸体简直连不到一块儿了。——否则可以拖上八九年。一个硝皮匠可以给你拖上九年呢。

哈姆雷特 为什么他能比别人拖得长久呢？

掘 墓 人 呃，老兄，他干他那一行，他那层皮也连带着硝过了，可以好一阵不渗水——再没有比水更能叫你那个婊子养的尸体腐烂了。

（捡起一个骷髅）这儿又是个骷髅，埋在地底下二十三年了。

哈姆雷特 这骷髅是谁？

掘 墓 人 是婊子养的疯小子。你以为他是谁呢？

哈姆雷特 不，我不知道。

掘 墓 人 这个该遭瘟的疯无赖！有一回，他把一大坛莱茵葡萄酒倾倒在我头上。这个骷髅，老兄，是约立克的骷髅呀——国王跟前打诨的小丑。

哈姆雷特 （接过骷髅）就是这一个？

掘 墓 人 就是这一个。

哈姆雷特 哎哟，可怜的约立克，我认识他，霍拉旭，这家伙，有说不完的玩笑呢，头脑最灵活。他有上千次把我驮在他背上；可现在——我一想起来心里就不是滋味，就要作呕。这儿本来挂着两片嘴唇，我也不知道吻过它多少回。这会儿你那些挖苦话到哪儿去了？还有你的连蹦带跳呢？你那一首首小曲儿呢？你心血来潮、即兴发挥，博得哄堂大笑的俏皮劲儿呢？你没留下一个讥笑来嘲弄你目前这一副鬼脸吗？你把下巴都掉落了吗？现在，你给我去到贵夫人的闺房里，跟她说，尽管把脂粉往脸上涂吧，哪怕有一寸厚，反正到最后，她总会落到这么一副尊容。让她听了好笑吧。——霍拉旭，请你告诉我一件事。

霍　拉　旭　什么事呀，殿下？

哈姆雷特　你可认为亚历山大在地下也会是这么个光景吗？

霍　拉　旭　免不了这么个光景。

哈姆雷特　也发出同样一股气味吗？呸！（掷下骷髅）

霍　拉　旭　也就是这股气味了，殿下。

哈姆雷特　我们会堕落到多么卑下的地步啊，霍拉旭！要是我们顺着想像一路想下去，谁知道亚历山大大帝的贵体化成的一堆尘土，不就是人家拿来给酒桶塞孔眼的泥巴？

霍　拉　旭　你的想像也未免想得太远了。

哈姆雷特　不，说真的，一点也不牵强，而是情理之中——跟踪追迹，他终于会落到这一步啊。你听着，亚历山大死了，亚历山大落葬了，亚历山大归于尘土了，这尘土，我们拿来做泥浆，泥巴；那么亚历山大变成的那一块泥巴，为什么不能用来去堵塞啤酒桶的孔眼呢？

　　　　　　恺撒雄主，身后化成了泥土，
　　　　　　只配去堵塞漏风的门户。
　　　　　　别看这泥土，生前称霸称雄，
　　　　　　只落得挡风防雨，填补墙洞。

可是且慢，别做声，国王来到啦。
还有王后，公卿大人——

［数人抬灵柩前行，后随牧师、
国王、王后、莱阿提斯、仆从等，
自远方列队而来］

是给谁送葬呀？
仪仗就这么简便？瞧这个情况，
他们送葬的那个人，是寻了短见，
自杀身亡。倒是个有身份的人呢。
我们且躲在一旁看着吧。

（与霍拉旭退后）

（牧师主持了简单仪式，准备落葬
奥菲丽雅的遗体）

莱阿提斯　还有什么仪式吗？
哈姆雷特　（在一旁，悄声）
　　　　　那是莱阿提斯，好一个高贵的青年。听着。
莱阿提斯　还有什么仪式吗？
牧　　　师　她目前这葬礼，已经分外通融了，
　　　　　不能再破格了。她的死，不明不白，
　　　　　要不是有上面嘱咐，从宽处理，
　　　　　本不该把她葬在教会的墓地。
　　　　　她只能躺在荒郊，直到吹响了
　　　　　最后审判的号角。没有谁为她
　　　　　做祷告，只有砖砾、石块、石卵
　　　　　扔向她尸体；现在，贞女的花环
　　　　　给她做装饰，鲜花撒落在处女身，
　　　　　敲起了丧钟把她送入土。
莱阿提斯　再不能有其他的仪式了吗？

牧　　　师	不能够了。
	我们要亵渎教会的神圣葬礼了——
	如果为她唱起了安魂曲，像对于
	平安死去的灵魂那样。
莱 阿 提 斯	那就安放她入土吧。
	但愿她洁白无瑕的肉体开放出
	紫罗兰鲜花吧。跟你说，刻薄的牧师，
	我妹妹将要升天去，做天使，却罚你
	在地狱里号叫。
哈 姆 雷 特	（悄声）怎么，美丽的奥菲丽雅！
王　　　后	（撒鲜花在已下土的遗体上）
	美好的鲜花献给鲜花般的美人儿，
	永别了。原希望你和我的哈姆雷特
	结为夫妻，好把鲜花撒上你的
	合欢床，谁想却撒在你的坟前！
莱 阿 提 斯	痛苦啊，心如刀割，但愿千百倍痛苦
	都落到那罪该万死的头上！是他，
	害得你失去了智慧的灵性——等一下，
	且慢把泥土盖上去，我要再把她
	在怀里抱一回。（跳进墓坑，扑向遗体）
	（恸极呼号）
	现在，把泥沙盖下来，把活的死的
	一起埋了吧！让平地堆起了高山，
	超过了古代的佩里翁、或是奥林匹斯
	插入云霄的青峰。①
哈 姆 雷 特	（冲上去）是谁的悲痛
	抵得上千言万语，那一句句伤心话

---

① （希腊神话）巨人族与天上诸神抗争，堆起佩里翁（Pelion）山，高与诸神所
居的奥林匹斯山峰相齐。

　　　　　　　叫周游太空的星星也停步不前，

　　　　　　　就像听得发了呆——是谁？那是我！——

　　　　　　　丹麦的哈姆雷特。①

莱 阿 提 斯　（跳出墓坑，揪住哈姆雷特）*

　　　　　　　　　　魔鬼抓你的灵魂！

哈 姆 雷 特　你祷告错啦。你的手指儿别掐住

　　　　　　　我喉头；别看我并不是火爆的性子，

　　　　　　　可一旦发作了，有点儿危险呢。小心吧，

　　　　　　　还是放聪明些好。快松开你的手。

国　　　　王　快把他们俩拉开。

王　　　　后　哈姆雷特！哈姆雷特！

众　　　　人　两位大爷！

霍　拉　旭　好殿下，且息怒吧。

　　　　　　　　　　　　　　　　　（众人把双方拉开）

哈 姆 雷 特　嘻，就为了争个明白，我准备

　　　　　　　跟他斗到底，直到我眼皮都睁不开了。

王　　　　后　哎哟，我的孩子要争个什么呀？

哈 姆 雷 特　我爱奥菲丽雅，四万个兄弟的爱

　　　　　　　全都合起来，那分量也抵不上我的爱！

　　　　　　　你能为她干什么呢？

国　　　　王　噢，他疯了，莱阿提斯。

王　　　　后　（向莱阿提斯）看在上帝的分上，由他去吧。

哈 姆 雷 特　哼，我倒要看看你能干出什么来！

　　　　　　　你哭吗？打架吗？绝食吗？扯你的头发吗？

　　　　　　　一口气把醋喝下去？吞一条穿山甲？

　　　　　　　我做得到。来这儿为的是哭哭啼啼，

---

① 西方习惯以国名代表元首，哈姆雷特在这里自称"丹麦"，似表示将取篡位者
　　而代之的决心。

* 有些版本（依据"第1四开本"）加导演词"哈姆雷特跳进墓坑"。但在墓坑中
　　很难展开扭斗，也难于劝架；葛兰维尔-巴克指出，应是莱阿提斯跳出墓坑。

跳进她的坟坑，好丢我的脸？

活埋了，好跟她在一起？我也做得到！

说什么高山峻岭，让亿万亩泥土

全压在我们的头上，直到大地

隆起来，碰到了天顶的烈火，把头皮

都烧焦了，叫奥萨峰成了个小肉瘤。①

夸夸其谈，我跟你一样行！

王　　后　　　　　　（向莱阿提斯）疯话罢了。

有时候，他一发作，就是这个样。

过一会，就安静下来了，温驯得就像

母鸽刚孵出一对金绒毛的小雏鸽。

哈 姆 雷 特　你听着，老兄，凭什么这样对待我？

我一向爱你——可是不用提这个了。

让天大的英雄爱怎么干就怎么吧——

猫总是要叫，狗总要耍它的威风。

〔下〕

国　　　王　好霍拉旭，请你多照看他吧。

〔霍拉旭下〕

（向莱阿提斯）

且耐性吧——我们昨夜不是谈好了？

这回事，我不会延误的，要马上动手干——

好葛特露德，要些人看住你儿子。

这个坟，要立一个活生生的纪念碑。②

不多久，平静无事的时刻就到临，

眼前呢，处理这一切可得有耐性。

〔同下〕

---

① 奥萨（Ossa）峰和前面所说的佩里翁山，同为希腊神话中的高山。

② 活生生的，意即生动地保存在记忆里；但莱阿提斯听来，有弦外之音，"活生生的纪念碑"，指需要一条人命来殉葬。

第二景　宫中

〔哈姆雷特及霍拉旭谈话上〕

哈姆雷特　这，不多谈了。现在你且听一听
　　　　　另一回事吧。当初的情景你还记得吗？①
霍　拉　旭　记得，殿下。
哈姆雷特　当时，我的心里斗争得很激烈，
　　　　　觉也睡不好，只觉得我的处境
　　　　　比叛变而给上了脚铐的水手更糟；
　　　　　我什么也不顾了——这不顾一切来得好；
　　　　　要知道，有时候冒失反而成了事，
　　　　　而思前顾后，却一无作为。可见得
　　　　　我们只管去盘算，结局怎么样，
　　　　　却自有天意在安排。
霍　拉　旭　　　　　　　　　　的确是这回事。
哈姆雷特　我从舱里爬起来，
　　　　　披上了水手的短大衣，我摸着黑，
　　　　　摸到了他们的床位；果然，按照我
　　　　　事先想好的，摸索到他们的公文袋，
　　　　　再退回自己的房里；我满腹猜疑，
　　　　　顾不得应该不应该，把心一横，
　　　　　拆封了那好气派的国书——哎哟，霍拉旭，
　　　　　冠冕堂皇的阴谋！我发现是一道
　　　　　严厉的密令，列举了一大堆理由，
　　　　　为丹麦的利益，也为了英格兰好，
　　　　　吓！我这个害人虫，这么个妖孽，
　　　　　留不得！一见到文书，不得耽误，

---

① 指哈姆雷特在给他的信中所提到的"我有话要跟你说……"。

	不，也不必挨到把斧子磨快了，
	就把我立即斩首。
霍 拉 旭	会有这等事？
哈姆雷特	这就是那一道密令，有空再念吧。
	现在你要不要听听我怎么对付的？
霍 拉 旭	请快说吧。
哈姆雷特	一旦我陷入了这重重阴谋的罗网，
	不等我开动脑筋，先想好了主意，
	行动已开始了——我坐下身来，另外
	拟一道密令，字写得可必端必正——
	我也曾跟那些干政治的人物一个样，
	认为字写得太端正，就没了气派，
	拼命想忘了这一手本领；可是看，
	这一下它却帮了我大忙。想知道
	我写了些什么吗？
霍 拉 旭	是什么呀，好殿下？
哈姆雷特	是来自国王的迫切的要求，既然
	英格兰是他忠诚的藩属，何况
	双方的友善应该像常绿的棕榈，
	"和平"理该头戴着麦穗的花冠，
	成为个钩链，巩固两国的邦交。——
	一大堆"既然"，"何况"，好郑重的口气，
	请见此公函后，不得有片刻犹豫，
	把两个送信的使者立即处死，
	连忏悔的时间都不给。
霍 拉 旭	国书上的印章呢？
哈姆雷特	就连盖章，也显示了上天的意旨，
	钱包里正好有我父王的印章，
	丹麦的国玺就仿照它的图形；
	我按照原来的格式把文书折好，

签了名，盖了章，把它放回了原处，
掉了包，却不露半点痕迹。第二天，
碰上了海盗，那以后发生的情况
你早知道了。

霍 拉 旭　这么说，吉登斯丹他们俩是送死去了？

哈姆雷特　老兄，这差使是他们自己讨来的呀。
他们跟我的良心没什么关系。
一心想巴结，只落得赔上了小命。
这有多危险啊，区区小人物一个，
却插身在敌对双方、两大巨人
刀来剑往的中间。

霍 拉 旭　　　　　　　　这算什么国王！

哈姆雷特　你看，现在不是有这个责任——
他杀了我父王，奸污了我的母后，
剥夺了我即位的权利，践踏了我希望，
抛下了钓钩，要钓取我这条命，
就更阴险毒辣了；我可是问心无愧
去亲手跟他算这笔账？难道
老天能容忍我吗？——让这个人类中的败类
只管作他的恶，造他的孽？

霍 拉 旭　要不了多久，他就会从英国方面
得到消息，这回事是怎么收场的。

哈姆雷特　快了；可在他还没有得知之前，
这一段时间是归我的。一个人的生命
数不到“一”，就完蛋了。好霍拉旭啊，①
可我好后悔，我不该冲着莱阿提斯
忘乎所以地大吼大叫，因为

---

① 数不到“一”，王子意谓：我掌握的时间虽短（对方很快就会知道真相了），
但人的生命更短。

从我切身经受的痛苦，我看到了
他悲愤的情景。要不是这么地卖弄①
他的悲哀，我也不至于一下子
发作了火性子。

霍　拉　旭　　　　　　　　别做声，有人来了。

［廷臣奥里克穿时髦服装上］

奥　里　克　（脱帽挥舞，一躬到底）欢迎殿下回丹麦来。
哈姆雷特　（模仿他做作的腔调）不敢，不敢，多谢大爷。
　　　　　（向霍拉旭，悄声）认识这只水苍蝇吗?
霍　拉　旭　（悄声）不认得，好殿下。
哈姆雷特　（悄声）这算你运气好，认识他才真是作孽啊。他
　　　　　广有田地，而且很肥沃。只要一头畜生做了众畜
　　　　　生的主子，他就可以把食槽搬上了国王的餐桌。②
　　　　　这是个哇哇乱叫的乌鸦——不过我说了，在他名下
　　　　　拥有一大片粪土呢。
奥　里　克　（又鞠一躬）亲爱的好殿下，要是殿下闲来无事，
　　　　　我奉陛下之命，有一事奉告。
哈姆雷特　大爷，那我就洗耳恭听了。

（奥里克开言之前，又一番挥帽鞠躬）

（阻止他）把你的帽子放在它该放的地方吧，它是
给戴在头上的呀。
奥　里　克　多谢殿下的指教，天气很热呢。

---

① "新亚登版"说，这里有反讽的意味，哈姆雷特要找国王报仇，现在他自比于
悲愤的莱阿提斯，却看不到对方报仇的对象正是他自己。
② 意谓只要"广有田地"（有财富），哪怕他跟他所拥有的牛羊一样，只是个畜
生，也可以进宫受到款待。

哈姆雷特　不，相信我，天气很冷呢，刮北风了。

奥　里　克　（慌忙改口）可不是，殿下，是有点儿冷。

哈姆雷特　可是对我的体质来说，我觉得太闷热了。

奥　里　克　闷热得厉害，殿下，是太闷热了——好比得——好比得什么，我可说不上来。殿下，陛下吩咐我前来奉告，陛下已为殿下下了个大大的赌注。殿下，是这么一回事——（又挥舞帽子，又鞠躬）

哈姆雷特　（提醒他戴上帽子）求你啦，刚才我不是说了——

奥　里　克　你不知道，我的好殿下，我不戴帽子更舒服——这可是真心话。殿下，莱阿提斯新近来到了宫廷——请相信我好了，是一个地道的有体面的绅士，上等人的不同凡俗的种种美德，他都有，仪表谈吐，真让人赏心悦目。不是我有心偏向他，他真是上流社会的仪范和典型。在他身上，你可以看到一个有教养的绅士的每一种品德。

哈姆雷特　你这一番描摹把他夸得十全十美，他也确实担当得起。把他的好处一宗一宗地开列出来，只怕会把我们搞得眼花缭乱，好比落进一只摇摇晃晃的小船，想去追赶他那乘风破浪的快艇。说一句从心底里钦佩的话，我认为他集美德的大成，他的禀赋真是少见罕有，不可多得，叫人一言难尽！他只有在镜子前，才找到了和自己媲美的人。别人想要追随他的后尘，不过是他的影子罢了。

奥　里　克　殿下把他说得最确切也没有了。

哈姆雷特　不知你用意何在，老兄？干吗我们要用粗俗的气息去冒犯这位绅士呢？

奥　里　克　殿下怎么说？

霍　拉　旭　难道到了别人的嘴里，你就听不懂了吗？[①] 你会听

---

① 讽刺奥里克说话矫揉浮夸，现在王子以他那一套说话方式回敬他，他却目瞪口呆了。

170

进去的，老兄，不是吗？

哈 姆 雷 特　提起这位大爷的大名，用意何在呢？

奥 里 克　是说莱阿提斯？

霍 拉 旭　（向哈姆雷特悄声）他的钱袋已掏空了，那些金
　　　　　光闪亮的字眼儿都给挥霍光了。

哈 姆 雷 特　说的正是他，大爷。

奥 里 克　我知道殿下不是不知道——

哈 姆 雷 特　好得很，你知道我"不是不知道"；可是说实话，
　　　　　大爷，即使让你知道了我知道不知道，也并不能给
　　　　　我脸上添光彩啊，好吧，怎么说，大爷？

奥 里 克　你不是不知道，莱阿提斯最了不起的是——

哈 姆 雷 特　我可不敢这么说，要不然，人家还道我是要跟他比
　　　　　一比谁最了不起。其实要明白别人，先得明白他自
　　　　　个儿才行。

奥 里 克　我是说，殿下，他的一手好武艺。大家都称道：凭
　　　　　他的真功夫，谁都及不上。

哈 姆 雷 特　他使用的是什么武器？

奥 里 克　长剑和匕首。

哈 姆 雷 特　那是他使用的两种武器，那又怎样呢？

奥 里 克　殿下，王上跟他打了赌，押下了六匹巴巴里骏马；
　　　　　他那一边呢，就我所知，拿出的押宝是六把法兰西
　　　　　宝剑和宝刀，连同吊带、吊钩等等的附件。那三副
　　　　　"拖拉器"，没说的，尤其精雕细琢，跟考究的剑柄
　　　　　旗鼓相当，真是精巧绝伦，别出心裁。

哈 姆 雷 特　你说的"拖拉器"是什么玩意儿？

霍 拉 旭　（悄声）殿下要听懂他的话，想必得借光"注解"
　　　　　才行。

奥 里 克　"拖拉器"，殿下，就是吊钩。

哈 姆 雷 特　要是我们腰际挂一尊大炮，那么用"拖拉器"这个

171

词儿，还差不离①——这一天来到之前，最好还是叫它作"吊钩"吧。不谈了，说下去吧。六匹巴巴里骏马对六把法兰西宝剑，外加附件，连同三副别出心裁的"拖拉器"——那一边是法兰西，跟这一边的丹麦对抗——呃，究竟为的什么，像你所说的要"押宝"呢？

奥　里　克　殿下，王上打赌的是，殿下跟他交手十二个回合，他赢你决不能超过三个回合；于是就跟他讲定了：十二比九，②赌个输赢。如果承蒙殿下开一声金口，比赛就立即举行。

哈姆雷特　要是我开口答一声"不"呢？

奥　里　克　殿下，我是说，你答应亲自出马比一个高低。

哈姆雷特　大爷，我就在这儿大厅里走走。要是陛下不介意的话，这正是我一天里松散一下的时间。叫人把钝头剑拿来吧，只要对方接受，王上的主意没有改变，那么我愿意尽力为王上争取做个胜家；万一输掉了，那么无非我丢了一次脸，做了活靶子，身上挨几下罢了。

奥　里　克　我能不能就拿你这话去回报呢？

哈姆雷特　就照我这意思去说，大爷，添油加酱，随你的便吧。

奥　里　克　（挥帽鞠躬）小的乐于为殿下效劳。

哈姆雷特　岂敢岂敢！

〔奥里克戴帽退下〕

让他的舌尖为自己效劳吧，别人可帮不了忙。

霍　拉　旭　这只小鸡顶着个蛋壳跑掉了。

---

① 当时大炮装在拖车上，拉着走。

② 意谓在十二个回合中，莱阿提斯必须取胜九回才能成为胜家；而王子只消取胜四回，即成胜家。

哈 姆 雷 特　他吃一口奶，都要先向奶头打躬作揖。这个轻薄的时代的宠儿，就是他这类人——以及我所知道的许多的这一类家伙。全靠流行的时髦话，那挂在嘴边的几句口头禅，从渣滓里泛起的一堆泡沫，蒙混过了那有鉴别力的目光；可是只要把他们试一下，吹一口气，那些泡沫就全都完蛋了。

[一大臣上]

大　　　臣　殿下，陛下方才打发年轻的奥里克前来致意，他回报说，你在大厅里候驾。现在陛下派我问一下，不知你可愿意现在就较量，还是过些时间再说。

哈 姆 雷 特　我始终如一，主意没变，听候王上怎么安排，只看王上的方便，我随时都准备着。不论现在，还是什么时候，都好，只要我像目前一样，手脚还灵活。

大　　　臣　王上和王后娘娘，许多随从，都下楼来啦。

哈 姆 雷 特　来得正好。

大　　　臣　王后请你在比赛开始前，先跟莱阿提斯说几句礼节性的话。

哈 姆 雷 特　多谢母后的教导。

[大臣下]

霍 拉 旭　你会输的，殿下。

哈 姆 雷 特　我想不见得吧。自从他去了法兰西，我一直把练习击剑当一回事。他让了我几着，我会赢的。你不会想到，眼前这一切叫我心里乱糟糟的——不过不去管它了。

霍 拉 旭　不行，好殿下——

哈 姆 雷 特　这无非是胡思乱想罢了，不过如果是女人，这种没来由的忧虑，也许会叫她坐立不安吧。

霍 拉 旭　要是你心里不踏实，提不起劲，那就别勉强吧。我可以替你去挡一下，请他们不必来了，说你目前不适应比赛。

哈姆雷特 绝对不要。预兆有什么好怕的？哪怕一只麻雀掉下来，这里也自有天意。注定在眼前，就不会挨到将来。注定挨不过明天，那就该是今天。逃过了今天，可逃不过将来。坦然处之就是了。既然一个人对他身后之事，一无所知，那么早些晚些离开人世，又有什么关系呢，随它去吧。

〔喇叭手、鼓手前导，国王挽王后上，
莱阿提斯，侍从等捧钝头剑、匕首随上〕

国　　王 来，哈姆雷特，我来给你们拉拢，
握住这只手吧。

（牵莱阿提斯手，置于他手中）

哈姆雷特 （和对方握手）
请你原谅我吧，大爷，我对你不起；
你是位正人君子，会有这雅量吧。
在场的都知道，想必你也已听说了，
严重的神经错乱可把我害苦了。
我的所作所为，有什么地方
得罪了你感情、荣誉，激起你反感，
我这里声明，都是发疯造成的。
哈姆雷特对不起莱阿提斯？没有的事。
哈姆雷特自己作不得自己的主，
他是身不由己，才得罪了莱阿提斯——
那不是哈姆雷特干的事；不是我，我否认。
谁干的呢？是他的疯狂。如果是这样，

　　　　　　　　那么哈姆雷特也是受害的一方。
　　　　　　　　他的疯狂，是可怜的哈姆雷特的敌人。
　　　　　　　　大爷，当着在场的众人，
　　　　　　　　我郑重否认，我对你曾心存不良，
　　　　　　　　请宽宏大量，不再计较了吧，只当我
　　　　　　　　隔墙射箭，误伤了自己的兄弟。

莱 阿 提 斯　　为了情面，我满意了。虽说这回事
　　　　　　　　最足以激动我天性，热血沸腾的
　　　　　　　　要报仇。可还有我的荣誉要考虑，
　　　　　　　　还得有保留。不能就这么和解了；
　　　　　　　　除非有受尊敬的前辈为我指出
　　　　　　　　这么办有先例可援，我的名誉
　　　　　　　　决不会因之受妨害。就目前而言，
　　　　　　　　我且把你这份友情，当作友情
　　　　　　　　来接受，决不会辜负它。

哈 姆 雷 特　　　　　　　　　　　　　你让我太感动了，
　　　　　　　　我愉快地陪你玩这场兄弟般的比赛，
　　　　　　　　把钝头剑给我们。

莱 阿 提 斯　　来，也给我一把。

哈 姆 雷 特　　我给你做陪衬，莱阿提斯。我的荒疏
　　　　　　　　益发显得你技艺像黑夜的星星，
　　　　　　　　光彩夺目。

莱 阿 提 斯　　　　　　　你这是在取笑我了。

哈 姆 雷 特　　不开玩笑，我发誓。

国　　　　王　　把钝头剑给他们，小奥里克。哈姆雷特侄儿，
　　　　　　　　你知道下什么赌注吗？

哈 姆 雷 特　　　　　　　　　　　　听说了，陛下。
　　　　　　　　陛下把赌注押在软档子一边了。

国　　　　王　　我才不担心呢。你们俩的剑术我知道；
　　　　　　　　只是他又有了进步，所以讲定了

让几着。

莱 阿 提 斯　（试剑）这把剑太重了，我另换一把。

哈 姆 雷 特　这把剑还称手。这些剑都一样长短吗？

奥 里 克　对，好殿下。

（双方准备比剑）

［侍从端酒壶上］

国　　　王　给我倒几杯酒放在桌子上。
　　　　　　要是在第一个或是第二个回合，
　　　　　　哈姆雷特击中了，或是在第三个回合
　　　　　　反击得手，那么让四周的碉堡上 ①
　　　　　　大炮齐鸣，国王将举杯祝饮，
　　　　　　为哈姆雷特助威。我还要在酒杯里
　　　　　　放下一颗大珍珠，它的珍贵胜过了
　　　　　　丹麦四代国王的王冠上的珍珠。
　　　　　　把杯子拿来——让鼓声向喇叭传令，
　　　　　　喇叭又通告城头守卫的炮兵手，
　　　　　　大炮上达天庭，天庭又向大地
　　　　　　呐喊："瞧，国王为哈姆雷特祝饮！"
　　　　　　来，就此开始吧。你们做评判的
　　　　　　要留心观看。

（喇叭齐鸣）

哈 姆 雷 特　请吧，大爷。

莱 阿 提 斯　请吧，殿下。

（两人比剑。哈姆雷特击中对方）

---

① 反击得手，意谓王子输了两个回合后，在第三回合取胜。

哈 姆 雷 特　中了。

莱 阿 提 斯　没有中。

哈 姆 雷 特　评判员呢？

奥 　 里 　 克　中了，很明显地击中了。

莱 阿 提 斯　好吧，再比下去。

国　　　王　且慢，拿酒来。（把珍珠投入另一酒杯）

　　　　　　　　　　　哈姆雷特，这珍珠是你的了。

（鼓声，喇叭声，远处传来炮声）

　　　　　　祝你健康！（干杯。举起放珍珠的酒杯）

　　　　　　　　　把这杯酒端给他。

哈 姆 雷 特　让我先比完这一局。把酒杯放着。

　　　　　　请吧。（继续比剑）

　　　　　　　　　　　又中了，你怎么说？

莱 阿 提 斯　碰了一下，碰了一下，我承认。

国　　　王　（向王后）

　　　　　　咱们的儿子要赢啦。

王　　　后　　　　　　　　他满脸是汗，

　　　　　　有些喘不过气来。来，哈姆雷特，

　　　　　　拿我的手巾去，抹你头上的汗吧，

　　　　　　（举起王子的酒杯）

　　　　　　母后要为你的幸福干杯，哈姆雷特。

哈 姆 雷 特　好母亲。

国　　　王　（恐慌地）葛特露德，不要喝！

王　　　后　我要喝，陛下，我请你原谅。

　　　　　　　　　　　（喝下几口，把剩酒授与王子）

国　　　王　（悄声，痛苦地）

　　　　　　这杯酒有毒；唉，已经来不及啦！

哈 姆 雷 特　这会儿，我还不敢喝，母亲——等会儿吧。

王　　　后　过来，我替你把脸抹一下。

（俯身为半跪在座前的王子抹汗）

莱 阿 提 斯　（偷换开口的剑，向国王）

陛下，这一回我要击中他。

国　　　王　　　　　　　　　　　　　　不见得吧。

莱 阿 提 斯　（悄声自语）

可我这么干，硬是违背了我良心。

哈 姆 雷 特　来第三回合吧。你只是在敷衍我。

求你啦，使出你浑身的狠劲，刺过来吧。

我只怕你是存心在跟我开玩笑。

莱 阿 提 斯　你说这样的话？好，来吧。

（双方第三次比剑）

奥　里　克　这一个回合，双方都没有得分。

（莱阿提斯趁双方暂停，突然偷袭）

莱 阿 提 斯　这一下叫你挨着了！（刺伤王子，见血）

（比剑爆发为激烈的决斗。王子打落对方的

开口剑，把手中的钝头剑抛给他）

国　　　王　快把双方分手！他们动火啦。

哈 姆 雷 特　不行，比下去！（使用开口剑刺伤莱阿提斯）

（王后支撑不住，晕倒了）

奥　里　克　哎哟，瞧，王后怎么啦！

霍　拉　旭　双方都流血了，你怎么啦，殿下？

奥　里　克　你怎么啦，莱阿提斯？

莱 阿 提 斯　　　　　　　　　唉，唉，奥里克，

我好比一只山鸡，是自投罗网。

报应啊，下毒手害人，又害死了自己。

178

哈姆雷特 （扶起母亲）

王后怎么啦？

国　　王 （慌忙掩饰）她看到流血，晕过去了。

王　　后 （愤怒地看国王一眼）

不是，不是！是酒，是酒！好儿子呀！

是酒，是那杯酒！我喝下毒药了！

（在王子怀抱中死去）

哈姆雷特 （跳起来，怒吼）

好毒辣的阴谋！来人，把宫门锁上了。

阴谋诡计！定要把奸贼查出来！

［奥里克下］

莱阿提斯 （倒地喘息）

就在这里。哈姆雷特，你活不成了。

天下没哪种解药可以解救你。

你这条命已经挨不到半小时了。

那阴险毒辣的凶器就在你手里。

开了口，涂上了毒药；这奸诈的一手，

反过来，毒死了我的命。你瞧，我倒下了，

再也起不来了。你母亲喝下的，是毒酒——

我说不下去了。国王，就是这国王，

他一手策划。

哈姆雷特 　　　　　这剑头也涂了毒药！

好，毒药，发挥你的毒性吧！

（举剑猛刺国王）

众　　人 好阴险啊！好阴险啊！

国　　王 （倒地惨呼）

快来保护我呀！朋友们，我不过受了伤。

哈姆雷特 看这儿，（举起酒杯，用毒酒灌他）

你这个乱伦的凶手，丹麦的魔王，

给我干了这一杯毒酒吧。这儿是

你的珍珠吧？追我的母亲去吧！①

（国王死去）

莱阿提斯　　他恶有恶报。酒杯里下的毒药
　　　　　　是他亲手调配的。高贵的哈姆雷特，
　　　　　　我们互相宽恕了吧。杀了我和父亲，
　　　　　　这冤仇不记在你头上，我杀了你，
　　　　　　你也别把我诅咒吧。

（死去）

哈姆雷特　　上天赦免了你的罪吧！我跟你来啦。
　　　　　　（在王后遗体边倒下）
　　　　　　我死了，霍拉旭。苦命的王后，永别了。
　　　　　　（环顾四周肃然无声的人们）
　　　　　　你们，这惨剧的见证人，成了哑角，
　　　　　　脸色变了，在颤抖；只要我有时间——
　　　　　　可恶的死神来抓人，绝不留情面——
　　　　　　我可以跟大家说一说——唉，随它去吧。
　　　　　　霍拉旭，我死了，你活下去，请替我
　　　　　　把我的行事和胸怀，公布于天下
　　　　　　不明真相的人们。

霍　拉　旭　　　　（呜咽）谁想得到啊！
　　　　　　我这丹麦人，宁可做古罗马人。②
　　　　　　（从地上捡起酒杯）
　　　　　　这儿还剩一点酒呢。（举杯欲饮）

哈姆雷特　　（一跃而起，夺取酒杯）你若是男子汉，
　　　　　　把酒杯给我。放手，一定要给我！

---

① 这儿是你的珍珠吧？（Is thy union here？）——双关语。国王把珍珠投入酒杯
　时（实际上下毒），称之为"union"（上好的珍珠）。此词又可作"婚姻"解，
　有讽刺意味："到地下去和我母亲做夫妻吧。"
② 丹麦信奉基督教，严禁自杀。古罗马人，以荣誉为重，宁可自杀，不愿忍辱
　偷生。

（扔掉酒杯，重又倒地）
上帝呀，霍拉旭，让事情不明不白，
我身后的名声，该受到多大损害！
要是你真把我放在你心头，慢些儿
去寻找天堂的安乐，你就暂且
忍耐着，留在这冷酷的人间，也好有人
来交代我的事迹。

（远处传来进军声，炮声）

怎么有步伐声啊？

［奥里克上］

奥　里　克　小福丁布拉在波兰得胜回来，
向英格兰派来的特使放了
这一阵礼炮。
哈姆雷特　　　　　　　　唉，我死了，霍拉旭。
猛烈的毒药在咆哮，把我给打垮了。
我等不到听得英国来的消息了；
但我能预言：被推选为丹麦国王的
将是福丁布拉。他得到我临终的推举。
你就把这发生的大小事件告诉他，
我想要表明——一切都归于沉默。①

（死去）
霍　拉　旭　一颗高贵的心灵，现在破裂了。
晚安，亲爱的王子，愿成群的天使，

───────────

① 王子没能来得及吐露他所想表达的，就已断气。"一切"当指他还有许多来不
　及留下的遗言。

歌唱着，送你去安息吧。

（传来进军声）

怎么回事？——鼓声越来越近了。

［福丁布拉，英国特使，
众兵士持军旗击鼓上］

福丁布拉　我来到哪儿了？——满眼是触目的景象！
霍　拉　旭　你想看什么呢？只有悲痛和灾难，
　　　　　别的你不用找了。
福丁布拉　　　　　　　　　这堆积的尸体
　　　　　高喊着"杀呀！杀呀！"凶横的死神啊，^①
　　　　　在你那阴府里要办什么人肉宴？——
　　　　　也不怕血腥，一下子残杀了这么多
　　　　　君主公卿！
特　　　使　　　　　　　惨不忍睹的景象！
　　　　　我等奉命从英国前来——可来迟了，
　　　　　本是要禀报他的命令已执行了：
　　　　　罗森克兰，吉登斯丹，都已被处死了；
　　　　　可他已听不见了，我们向谁去讨谢呢？
霍　拉　旭　从他的嘴里别想听到了——即使
　　　　　他还活着，还能开口说一声"多谢"。
　　　　　他从不曾下令处死他们俩。
　　　　　可你们，一个从波兰来，一个从英国来，
　　　　　正好碰上了眼前这血淋淋的惨案，
　　　　　就下令把这些遗体抬到高台上

---

① "杀呀！杀呀！"指军队在冲锋陷阵时的喊杀声。

供人凭吊吧。我也好向不明真相的
外界讲一讲事件的来龙去脉——
有荒淫，有凶杀，有背天逆理的暴行，
冥冥中的判决，也有那死得好冤枉——
死于那借刀杀人的阴谋诡计；
那一心害人的，把自己的命也赔上了——
我能把这一切为你们一一地说来。

福丁布拉　让我们赶快听你说吧；最尊贵的重臣，
把他们也请来听听：对于这王国，
大家还记得，我自有继承的权利。
目前又情况非常，在催促我提出
我的权利。我怀着沉痛的心情，
拥抱这降临的机会。

霍　拉　旭　　　　　　　　关于这一点
我受死者的嘱托，也有话要说——
他所要表达的，会得到多方的响应。
可是且先把眼前这一切收拾好吧，
眼前正人心惶惶，再不能出乱子，
来什么错误和阴谋了。

福丁布拉　　　　　　　　来四个队长，
以军队的礼节，抬着哈姆雷特上高台，
要是他有机会发挥他才智，一定会
成为贤明的君主。我们要用军乐、
用战事的威严的仪式，大声地表达
对他的悼念。
　　把这些遗体都抬起来，这样的情景
　　　只适于战场，在这里，却触目伤心！
　　去，传令军士们鸣炮。

　　　　　　　　　　　　［军士抬众尸体，众列队同下。

　　　　　　　　　　　　　　远处传来鸣炮声］

考　证

版　本

《哈姆雷特》有三种原始版本。最早出现的是 1603 年的"第1四开本"，这是一个很糟糕的，可说面目全非、残缺不全的盗印本，只有二千零六十八行，被称为"劣四开本"；可能是根据演员们的回忆，拼凑而成，没有版本价值。不过它的存在，使学者们揣测，在目前我们所读到的《哈姆雷特》之前，可能另有一个供去外地演出用的早期简本；例如"活着好，还是别活下去了"那一段著名的独白，竟像是另一篇文字。

1604 年出现的"第2四开本"可能已是莎翁重加修订充实的本子，将近四千行，几乎比"劣四开本"扩大一倍。书名页上声明："根据可靠的本子"排印。现代莎学家很看重"第2四开本"，认为最可信赖，称之为"好四开本"。

它比后出的"对开本"（1623）多出二百行，例如王子的最后一段独白："我耳闻目睹的一切，都在谴责我……"（第四幕第四景）为"对开本"所无。

另一方面，"对开本"也有九十来行是"好四开本"所没有的，例如王子所说"丹麦是一座监狱"等三十来行，以及有关当时伦敦两类戏班子的矛盾冲突等四十多行，都是"对开本"所独有。

学者们认为"第1对开本"系根据演出本排印，因此舞台导演词比较充实。

现代编家编纂这个悲剧，常以"第2四开本"作为底本，和"对开本"进行校勘，并根据"对开本"补入"四开本"的缺文。

写作年份

莎翁的同时代人米尔斯（F. Meres，1565～1647）对于莎士比亚有高度的评价，在他的《才子宝库》（Wit's Treasury，1598）里，列举了莎士比亚的六种喜剧和六种悲剧，而《哈姆雷特》不在其内；可以认为莎翁创作这一悲剧，当在1598年后的事。

1602年7月26日，由和莎翁的剧团有密切关系的出版商向"书业公所"申请登记《丹麦王子哈姆雷特复仇记》出版事宜，并说明"新近为侍从大臣剧团演出"。1604年这一戏剧出版，即"第2四开本"。

因此《哈姆雷特》的写作年份应在1598～1602年之间。学者们根据第二幕第二景，谈到露天剧场的演员们"在城里待不下去了，那是因为发生了新的麻烦"等和当时历史情况可以相印证的剧词，推断莎翁有可能在1599年写完罗马剧《居里厄斯·恺撒》后，接着就动手写这一悲剧，当完成于1601年初之前。一般认为1600年是《哈姆雷特》最有可能的写作年份。

取材来源

哈姆雷特复仇的故事很早就在北欧流传着，到十二世纪下半叶，丹麦史学家把它记载入丹麦史籍，已经包含悲剧《哈姆雷特》的一些基本情节，如杀兄夺嫂，假疯，遣送英国等。1576年，法国作家贝莱福斯特（Belleforest）采取这一题材，写成短篇小说，收入他的《哀史》第五卷，他增添了一些情节，如王后在老王生前，即和小叔通奸。

十六世纪八十年代，伦敦舞台上演出了哈姆雷特复仇的故事，有的学者认为很可能出于基特（T. Kyd，约1557～1595）的手笔。根据经营剧团的亨斯娄的剧场日记，1594年6月，这一戏剧再次上演。1596年，文人洛奇（T. Lodge）在他的文章也提到此剧在"大剧场"（The Theatre）上演，并说剧中有阴魂出现，阴惨地呼号着："哈姆雷特，要报仇啊！"

在哈姆雷特故事的演变过程中，亡魂的出现是一个有意义的发展。在丹麦故事里，杀兄夺嫂，是人尽皆知的，无需亡魂出来揭发。亡魂的出现在舞台上，说明了在这一戏剧中，"弑兄"已是紧紧包藏起来的一个秘密，因此增添了复仇的难度。引入鬼魂的情节，应是基特（或是另一位不知名的剧作家）的一个贡献。

"大剧场"当时由莎翁所属剧团经营，这意味着这一旧剧已归他的剧团所有，莎翁可以很方便地利用它来改编或重写。学者们认为这个现已失传的旧剧是莎翁的杰作的最直接的取材来源。至于这一旧剧的故事轮廓，今天已无从查考了。从基特留传下来的复仇剧《西班牙悲剧》看来，这应该同样是一部充满血腥味的地道的复仇剧。最后，在莎翁的手里，这个刀光剑影、充满刺激的复仇剧提升为一个进入人物内心世界，对于人生的意义作哲理性思考的大悲剧。

名著阅读指导

一、思维导图

如何记忆故事？绘制思维导图！

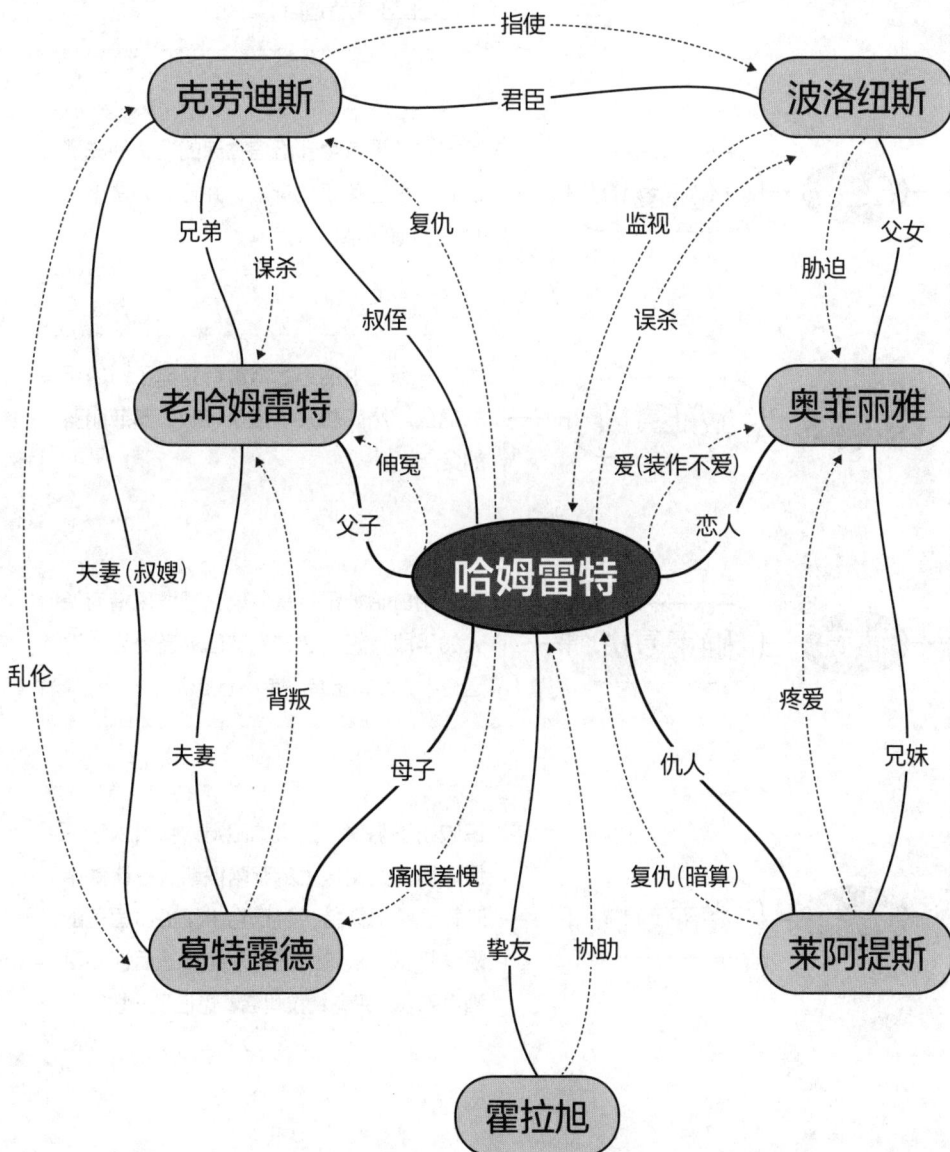

《哈姆雷特》五幕情节主线

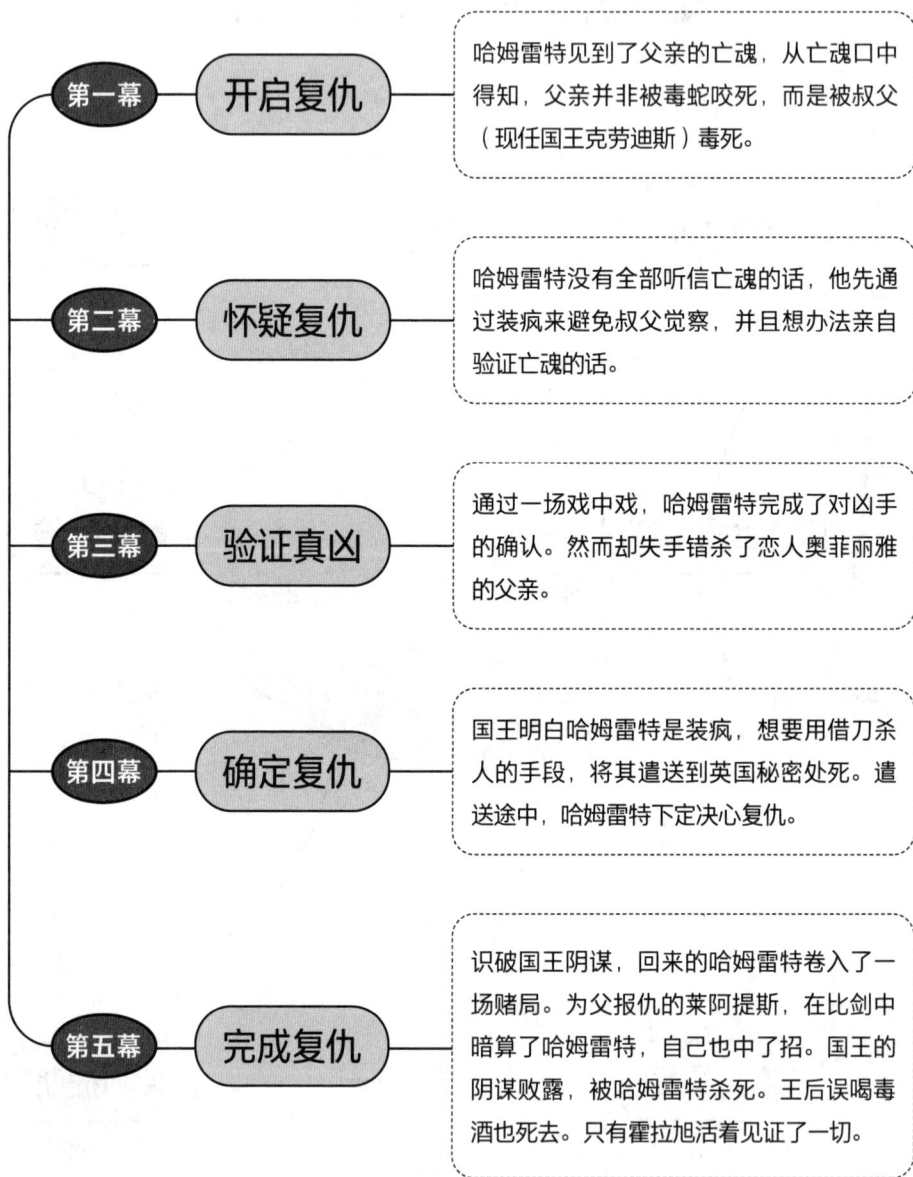

第一幕 — 开启复仇 — 哈姆雷特见到了父亲的亡魂，从亡魂口中得知，父亲并非被毒蛇咬死，而是被叔父（现任国王克劳迪斯）毒死。

第二幕 — 怀疑复仇 — 哈姆雷特没有全部听信亡魂的话，他先通过装疯来避免叔父觉察，并且想办法亲自验证亡魂的话。

第三幕 — 验证真凶 — 通过一场戏中戏，哈姆雷特完成了对凶手的确认。然而却失手错杀了恋人奥菲丽雅的父亲。

第四幕 — 确定复仇 — 国王明白哈姆雷特是装疯，想要用借刀杀人的手段，将其遣送到英国秘密处死。遣送途中，哈姆雷特下定决心复仇。

第五幕 — 完成复仇 — 识破国王阴谋，回来的哈姆雷特卷入了一场赌局。为父报仇的莱阿提斯，在比剑中暗算了哈姆雷特，自己也中了招。国王的阴谋败露，被哈姆雷特杀死。王后误喝毒酒也死去。只有霍拉旭活着见证了一切。

二、专家解读

第一讲　让一切情节都黯然失色——莎士比亚和他的戏剧

本期要为你解读的名著是英国戏剧家莎士比亚的经典剧本《哈姆雷特》。

莎士比亚是世界文学史上无可比拟的中心人物，也是文艺复兴时期最伟大的诗人、剧作家，他流传下来的剧本数量有 39 个之多，400 多年来，至今仍在全球各个剧场里频频上演，他讲故事的方法影响了后世从小说到电影等各个艺术形式，以至于学界有一句公认的老话说："莎士比亚之后，一切情节都成了陈词滥调。"也就是说，世界上所有跌宕起伏、引人入胜的情节手法，都被莎士比亚用尽了。

北京大学研究电影的教授戴锦华也曾表达过类似的观点，她在和学生的对谈中说："自电影诞生，莎剧便成了电影——最早是欧洲电影，而后是世界电影的素材库与故事源。"其中最著名的例子，莫过于改编自《哈姆雷特》的迪士尼经典动画《狮子王》以及由日本电影大师黑泽明执导，改编自《李尔王》的《乱》了。

但奇怪的是，这位璀璨的文学巨星拥有的生平材料少之又少，尽管他为世界留下了将近 100 万个英文词的剧本和诗歌，但能证明是他亲手所写的只有 6 个签名，就连他的肖像画，能标明准确时间的，最早也是他去世 7 年以后了。这张肖像印刷在全世界第一部莎士比亚剧本合集的扉页上，这个合集出版的时间是 1623 年，由莎士比亚在国王剧团的两位同事筹划出版，史称"第一对开本"。

生平材料的缺失，导致世界文学史出现了一个著名的悬案，就是"谁才是真正的莎士比亚"？因为历史上的这位威廉·莎士比亚，出身并不优越，他的祖父是农夫，父亲是手套商人。虽然父亲经商顺利，摆脱了贫寒的家境，一度在乡下有了官职，但这位商人父亲仍旧目不识丁，而莎士比亚本人最多只上过当地的文法学校，既没有接受过高等教育，也没有贵族身份，充其量只是一个小市民。

这在象牙塔里的贵族精英们看来是不可置信的，他们认为小市民无法想象宫廷贵族生活，更不可能写出那么多王公贵族题材的戏剧。所以当莎士比亚刚到伦敦崭露头角之时，这位一边在剧场跑龙套一边写剧本的外省青年，就被当时的大学才子们讥讽为"用我们的羽毛美化了的暴发户乌鸦"。这个比喻在说莎士比亚没有资格写剧本，甚至还有抄袭的嫌疑。

等到莎士比亚死了以后，这件事就更加死无对证了。醉心于历史考据的学者们，煞有介事地认为莎士比亚是个笔名，使用这个笔名的，在他们心中至少有四个人选，分别是：牛津的爱德华·威尔伯爵；同一时期活跃在英国文坛上，曾受封子爵的散文家、大学者弗朗西斯·培根；同样出身贫寒，但是在剑桥大学取得过学位的天才剧作家马洛，他和莎士比亚在同一年出生，29岁英年早逝，有学者猜测他为了躲避仇杀化名莎士比亚继续写作；第四个人最离谱，竟然是伊丽莎白女王，只有女王才能了解那么多宫廷秘事。

可无论谁是莎士比亚，他依然凭借39部戏剧作品，在16世纪设备简陋的英国舞台上，将文学艺术发挥到了登峰造极的地步，也让自己登上了"人类第一剧作家"的位置。他的存在，令世界文学史分成了两半，一个是前莎士比亚时代，另一个是后莎士比亚时代。

有一个说法流传很广，被安插在了第二次世界大战时的英国首相丘吉尔身上，这句话是："英国宁可失去印度，也不能失去莎士比亚"。尽管后来这句话被证明是19世纪的英国历史学家托马斯·卡莱尔说的，但也能说明现代人对莎士比亚的推崇。而莎士比亚最不能失去的作品，第一个当属《哈姆雷特》。

第二讲　重写丹麦王子复仇记——《哈姆雷特》的诞生

《哈姆雷特》与《奥赛罗》《麦克白》《李尔王》合称莎士比亚的"四大悲剧"，《哈姆雷特》是其中写作时间最早、篇幅最长、影响最大的一部，也是莎士比亚生前唯一一部在剑桥大学和牛津大学这样门户之见森严的地方上演过的戏剧作品。

它的题材来自 12 世纪的丹麦历史学家萨克索用拉丁文写成的《丹麦史》，作为丹麦第一部重要的历史典籍，《丹麦史》在丹麦的地位就如同司马迁的《史记》在我们中国的地位。16 世纪，这部北欧的历史典籍被译成法文之后，里面的故事也随之流传到了西欧诸国，其中最有名的当数哈姆雷特王子为父报仇的故事：王子的叔叔嫉妒国王兄长的赫赫战功以及娇妻美眷，趁国王举行宴会之际，将国王害死并夺取了皇位，娶了兄长的妻子，哈姆雷特王子只好装疯应对，伺机报仇，最后夺回王位。这个故事也在 1576 年被法国作家贝莱福斯特写成了短篇小说，收录在他的《悲惨历史集》里。

16 世纪的欧洲正属于文艺复兴时期，文艺复兴时期的戏剧有一个特点，它想要复兴古代希腊罗马的文艺，以此来对抗黑暗压抑的中世纪神权，所以就会学习、模仿大量的希腊罗马的古典戏剧作品，并向人间的历史故事取材。

这样的做法恰好契合了文艺复兴时期的思想共识：以人为本，回归人间，宣扬个性解放，维护人类尊严。比如"吹响英国文艺复兴时期戏剧革命第一声号角"的作品——马洛的《帖木儿大帝》，就取材于 14 世纪称霸中亚的帖木儿帝王的历史传奇，讲述了一个出身贫贱的草原牧民，是如何登上历史舞台，成为成吉思汗之后最强势的蒙古征服者的。

哈姆雷特王子为父报仇的故事也吸引了英国当时许多戏剧创作者，早在莎士比亚之前，伦敦的戏剧舞台就有了一个相对成熟的《哈姆雷特》戏剧版本，但剧本已经失传了，据说是出自擅长写复仇悲剧的英国剧作家托马斯·基德之手。当时有相关日记或文章说，这个版本第一次出现了亡魂的形象，来揭发哈姆雷特叔叔的罪行。学者们普遍认为莎士比亚的《哈姆雷特》是在这个版本的基础上重新演绎的，因为当时演出这个版本的剧院 The Theatre，直译为"大剧场"，恰好是莎士比亚所属的剧团进驻的剧院，拥有《哈姆雷特》旧版的版权，很方便莎士比亚发挥天才的创造力来改写。

至于莎士比亚为什么要重写《哈姆雷特》，现在推测原因有两个。

第一个是商业考虑，复仇悲剧在当时很受观众欢迎，莎士比亚的竞争对手本·琼生为海军大臣剧团改编的《西班牙悲剧》在伦敦戏剧舞台上大热，让大剧场老板的儿子理查德·伯比奇很眼馋。因为《西班牙悲剧》也是托马斯·基德的旧作，和《哈姆雷特》的设定很相似，都是让亡魂引导复仇者复仇，还用了装疯的元素和"戏中戏"的手法，来试探仇人是否为真的凶手。此时"大剧场"的土地租金已到期了，理查德·伯比奇和他的兄弟还有莎士比亚在内的剧团成员一起，把剧院拆掉，搬到泰晤士河南岸，重新组建了一个"环球剧场"，莎士比亚也成了剧场的股东。为了迎合市场，他答应改编《哈姆雷特》，并在剧中出演了哈姆雷特父亲的亡魂的角色，而理查德·伯比奇也成了这个新版本"哈姆雷特王子"的首位扮演者。

第二个原因就有一些温情色彩了，根据史料记载，莎士比亚的儿子在 1596 年 8 月突然因病去世，年仅 11 岁，这个孩子名叫哈姆内特（Hamnet），和丹麦的哈姆雷特王子（Hamlet）的名字只差了一个字母。莎士比亚承受了巨大的丧子之痛，他在后来的剧本，比如《李尔王》和《冬天的故事》中，就写过失去子女的父亲是如何伤心绝望的。所以人们猜测莎士比亚写《哈姆雷特》的剧本是为了纪念自己死去的儿子，剧本开始创作的时间也大致吻合，是在痛失爱子之后的两三年。400 多年后，英国作家玛吉·奥法雷尔也以这个说法为原型，写了一部名为《哈姆内特》的小说，在 2020 年斩获了第 25 届英国女性小说奖。小说里动情地写到，莎士比亚的妻子看见扮演哈姆雷特的演员，走路和说话的方式都和死去的小哈姆内特一模一样，而莎士比亚扮演的父亲亡魂，就在舞台上和儿子完成了对话，戏剧拯救了这个残损的家。

第三讲　推迟的行动与疯狂的内省——五幕剧情梳理

莎士比亚的《哈姆雷特》剧本一共分为五幕二十场戏，它无视学院派理论家提出的"三一律"原则，也就是一台戏要在一个地点、一天之内完成一个故事的原则，达到了从心所欲的地步。

《哈姆雷特》的舞台空间从城堡宫廷一直延伸到荒野、墓地，并且通过"鸡啼声""敲钟声"以及主人公放逐荒野、出海两天、重归国土等来提示观众，这些情节不可能是一天之内发生的，而是持续了至少一周的时间。

不过，为了便于观众理解，莎士比亚还是紧扣了一个完整的戏剧行动来写这个故事，也就是主人公的复仇，这五幕从哈姆雷特发现杀父仇人开始，一直到完成复仇结束，层层递进，结构非常清晰。

第一幕是哈姆雷特仇恨的开启，分五场。

首先第一场戏，莎士比亚就处理得很特别，他没有让主人公立刻出现，而是先由两个值班的丹麦军士对话，营造出一个悬念，吸引观众注意，这悬念就是他们晚上值班的时候，会发现一个鬼魂，很像去世的老国王。军士特地邀请了王子的朋友、学者霍拉旭来，因为相传有学问的人能和鬼魂对话，但是鬼魂对霍拉旭无动于衷，天一亮就消失了。霍拉旭决定去告诉哈姆雷特这件怪事。这个开头的信息量很大，观众在霍拉旭和两个军士的对话中，不仅知道了老国王的赫赫战功，还埋下了另一个角色复仇的伏笔，也就是在战争中被杀死的挪威国王，他的儿子福丁布拉决定纠集军队向丹麦复仇。

接着是第二场戏，发生在丹麦宫廷，新继任的国王——哈姆雷特的叔叔——对大臣们慷慨陈词，扬言要解决挪威王子福丁布拉的动乱。而从德国威登堡大学回来为父亲奔丧的哈姆雷特王子，在家里待了一个月，他无法接受父亲刚死，母亲就改嫁给父亲的弟弟，此时的他怨恨的并不是叔叔，而是薄情的母亲。

第三场戏发生在大臣波洛纽斯的家中，他的儿子莱阿提斯准备离开丹麦，到法国修行，临走前和妹妹奥菲丽雅告别，温柔美丽的奥菲丽雅陷入了两难的抉择中，父亲和哥哥都叫她不要理哈姆雷特了，他们认为哈姆雷特只是在用王子的身份诱惑奥菲丽雅，并不真心。而奥菲丽雅不知不觉已情根深种。

第四场和第五场戏连在一起，哈姆雷特在霍拉旭的指引下，第二天深夜来到了城堡的平台上，见到了父亲的亡魂，哈姆雷特不顾朋友的阻拦，跟着亡魂走到了城堡最高处，亡魂告诉哈姆雷特自己死亡的真相，是弟弟趁他睡着的时候，把毒汁灌进了他的耳朵里，却谎称老国王在花园午睡，被毒蛇咬了一口不幸身亡。随着真相被揭露，哈姆雷特的愤怒从母亲身上转移到了叔叔身上，他立下誓言，一定要为父报仇。于是《哈姆雷特》整部戏剧的主线，王子的复仇之路，正式开始了。

第二幕是哈姆雷特对复仇的怀疑，分两场。

第一场戏回到了大臣波洛纽斯家中，奥菲丽雅告诉父亲，哈姆雷特疯了。波洛纽斯以为哈姆雷特是爱奥菲丽雅而不得，发了失心疯，因为奥菲丽雅遵照父亲的吩咐，不再和哈姆雷特见面，也回绝了哈姆雷特求爱的信件。

第二场戏接着上一场，波洛纽斯带着奥菲丽雅来到宫廷，禀告王子发疯的事，这恰好是哈姆雷特想要的效果，让叔叔觉得自己是真的疯了。而国王看哈姆雷特郁郁寡欢，特意把哈姆雷特的两位同窗好友，从海外召回来以示安慰，顺便刺探哈姆雷特内心的秘密。哈姆雷特对两位昔日旧友很失望，一方面是失望他们回到丹麦，因为丹麦在他看来，就是一座监狱，监狱里只有噩梦，没有自由；另一方面，则是他察觉到了两位朋友来看他，目的并不单纯，是受了国王的指令。

哈姆雷特有感于此，发表了一番对人类的见解："人，是多么了不起的一件杰作啊！理性是多么高贵，发挥不完的才能和智慧；仪表和举止，又多么动人，多么优雅！行动就像天使，明察秋毫，多像个天神，宇宙的精英，万物之灵——"

很多人断章取义，以为这段话是莎士比亚的人文主义宣言，认为这是对人类的讴歌。这样的看法忽略了哈姆雷特接下来对人类的否定，他说："可惜在我看来，这用泥土提炼成的玩意儿，又算得了什么呢？人啊，我对他不感兴趣。"这正是莎士比亚超越同时代的地方，他没有像文艺复兴的大部分作家那样，一味讴歌人类，而是透过哈姆雷特对友情的失望，以及经历的亲情的背叛，对人性保持距离，保持怀疑。

这两位朋友找了一个剧团来给哈姆雷特取乐，哈姆雷特索性将计就计，他想了一个计策，来确认叔叔是不是杀人凶手，这时的他显然没有完全听信鬼魂的话，他对复仇还有所怀疑，必须亲自验证。

第三幕是哈姆雷特验证仇人的过程，分四场。

莎士比亚并没有着急写哈姆雷特实施的计策，而是先让哈姆雷特接受了一个考验。在第一场戏中，莎士比亚安排国王、王后、大臣波洛纽斯他们先验证哈姆雷特是真疯，还是装疯，他们让奥菲丽雅偶遇哈姆雷特，躲在一旁看哈姆雷特的反应。

哈姆雷特心事重重地上场，说出了一段惊世骇俗的独白：

"活着好，还是别活下去了，这是个难题啊：论气魄，哪一种更高超呢？——忍受命运的肆虐，任凭它投射来飞箭流石；还是面对无边的苦海，敢挺身而起，用反抗去扫除烦恼。死了——睡熟了，就这么回事；睡熟了，如果可以说：就一了百了——了却心头的创痛，千百种逃不了的人生苦恼，那真是求之不得的解脱啊。死了——睡熟了；睡熟了，也许梦就来了——这可麻烦了啊；一旦我们摆脱了尘世的束缚，在死亡似的睡眠中，会做些什么梦呢？想到这，就不能不为难了——正为了这顾虑，被折磨的人们，会这么长期熬下去……"

这段独白或许才是莎士比亚真正的文学宣言，哈姆雷特不是典型的高举人文主义旗帜的文学英雄，他没有杀伐果断、一路高歌猛进，像一个行动的巨人，而是犹疑、沉思、痛苦，拥有极强的内省意识，正如《西方正典》的作者、美国著名文学批评家哈罗德·布鲁姆说的："其实，就连柏拉图笔下的苏格拉底也比不上哈姆雷特；后者更全面地表现了强大且影响深远的人类认知。"

哈姆雷特疯狂的思考显然吓到了奥菲丽雅，当他装疯，说出让奥菲丽雅"进修道院"的话时，奥菲丽雅心碎了，她也忘记了哈姆雷特曾在信上说的那四句诗："许你怀疑星星会发光，许你怀疑太阳在运行，许你怀疑真理会说谎，切不可怀疑我对你的一片情！"

在接下来的第二场戏中，哈姆雷特完成了他对凶手的确认，他在宫廷中像一个导演那样，指导戏班子演戏，这出戏叫《捕鼠机》，意思就是捕捉老鼠的机器，他想要杀害他父亲的老鼠自投罗网，于是就在戏里安排了一个公爵趁着国王睡着时把毒药灌进国王耳朵的桥段。果不其然，他的叔叔看到这一幕时，怒容满面，愤然离席。哈姆雷特确定了，现在的国王就是他的杀父仇人。

按照一般剧作家的写作，第三场戏应该是哈姆雷特复仇的高潮了，可莎士比亚没有这么写，他让哈姆雷特目睹了叔叔跪在神像前的祷告和忏悔，如果这时杀了仇人，等于是让这个忏悔的罪人得其所愿，可以上天堂了。哈姆雷特的复仇又推迟了一步，他要找到仇人作恶的时机，再做了结。

第四场戏预告了哈姆雷特的悲剧。他的母亲召见他到王后寝宫中，责问他为什么要演那出让国王不愉快的戏，愤怒中的哈姆雷特以为国王躲在挂毯背后偷听，他说了声"有耗子"，就拔剑把他杀死了，没想到这个人却是大臣波洛纽斯，他心爱的奥菲丽雅的父亲。

第四幕是哈姆雷特对复仇不再迷茫，共七场。

前四场推进得很快。第一场是国王着急要将哈姆雷特送到英国去，他不能忍受自己身边有要杀他的人；第二场是国王派了哈姆雷特的两个昔日好友，来找哈姆雷特拿尸体，并带他去见国王；第三场是哈姆雷特接受了去英国的安排。第四场舞台从丹麦王宫转移到了丹麦原野，哈姆雷特在原野上看到了挪威王子福丁布拉的军队，他们要去为了荣誉和波兰争夺一块不毛之地，而波兰人也为了荣誉赌上了两千人的性命，这让哈姆雷特下定决心，捍卫自己的荣誉，去复仇。

第五场到第七场是整部戏剧里最让人心碎的段落，讲述了奥菲丽雅由疯到死的全过程。

第五场里，观众从王宫侍臣口中得知，奥菲丽雅疯了。这不是哈姆雷特之前的装疯，接连遭遇爱人唾弃和父亲惨死的奥菲丽雅，真的疯了，她披头散发，唱着祈求爱情却终究不能圆满的歌。她的哥哥莱阿提斯也从法国赶了回来，带领叛军一路杀向王宫，要国王给他一个交代。国王不再顾及王后想要帮哈姆雷特隐瞒的想法，顺势就告诉了莱阿提斯，杀他父亲的另有其人，至此，整部《哈姆雷特》的第三个复仇者诞生了。

第六场穿插了哈姆雷特的一封信，在这封写给霍拉旭的信里，哈姆雷特说自己出海受到了海盗的袭击，机缘巧合又回到了丹麦，要霍拉旭来见他，他有话要说。第七场先是国王和莱阿提斯在宫中商议怎么除掉他们共同的敌人哈姆雷特，接着王后上场，告诉了莱阿提斯一个不幸的消息，他的妹妹奥菲丽雅落入水中淹死了，在王后的描述中，奥菲丽雅的死亡既美丽又优雅，让人心生无限惋惜。莱阿提斯的怒火也到达了顶点。

第五幕是哈姆雷特彻底完成了复仇，这一幕共两场。

第一场发生在墓地，莎士比亚别出心裁安排了两个掘墓人，他们在给奥菲丽雅挖埋葬的墓地，刚从海上回来的哈姆雷特并不知情，他在墓地和霍拉旭交谈，一边拿起骷髅头，一边感叹生死无常，这个段落颇有黑色幽默的喜剧成分。可接下来的情节急转直下，哈姆雷特看到送葬队伍，躲在一边，最后发现要埋葬的人竟然是自己心爱的奥菲丽雅时，他悲痛得想要冲进墓坑里，莱阿提斯见状，和哈姆雷特扭打在一起。国王和王后在一旁劝架，暂时平息了争斗。

之后的第二场戏是整部戏的结局，哈姆雷特先是告诉霍拉旭，他发现了国王送他去英国是个阴谋，他的叔叔给英国国王写了一份秘密文书，为了两国利益，要英国国王立刻杀掉哈姆雷特，当时的英国还是丹麦的附庸，一定会听令。逃过一劫的哈姆雷特必须复仇。不料这时的哈姆雷特又卷入了一场国王提议的赌局，他要和莱阿提斯比剑。

国王先是帮莱阿提斯悄悄准备了一把开锋的利剑，剑尖还涂了毒药，而哈姆雷特手里的，只是一把比试用的未开锋的钝剑。为了保险一点，国王还准备了一杯毒酒，如果哈姆雷特占了上风，他就举杯给王子助威，把毒酒给哈姆雷特喝。

赢了两个回合的哈姆雷特打算乘胜追击，酒要稍后再喝。没想到蒙在鼓里的王后，替哈姆雷特举杯，先喝了几口。接着第三个回合比剑，莱阿提斯趁机用毒剑偷袭并刺伤了哈姆雷特，两人在混乱中将剑打落在地，哈姆雷特用抢来的剑刺伤了莱阿提斯。这时，毒酒的药效发作了，王后死前大声告诉哈姆雷特酒里下了毒。被自己的毒剑刺伤的莱阿提斯也倒下了，死前也告诉了哈姆雷特，不光是毒酒，剑也涂了毒药，这都是国王一手策划的阴谋。知道真相的哈姆雷特，一剑将国王刺倒，又举起毒酒灌进了国王的口中。

莎士比亚给剧本里的三个复仇者都安排了大仇得报的结局。哈姆雷特杀死了叔叔，莱阿提斯杀死了哈姆雷特，他们都为各自的父亲报了仇。最后，从波兰打了胜仗回来，取道丹麦的挪威王子福丁布拉，在哈姆雷特的临终遗言中，被推举为新的丹麦国王，他也为自己战败的父亲报了仇，福丁布拉的父亲恰好死于哈姆雷特父亲之手。

第四讲　犹豫不决的思想者——悲剧的根源与人性的证明

　　陪伴这出戏剧走向结尾的我们，就像剧中哈姆雷特的好友霍拉旭，听从哈姆雷特最后的嘱托："你活下去，请替我把我的行事和胸怀，公布于天下不明真相的人们。"

　　当我们回顾莎士比亚的整个剧本，我们会发现，《哈姆雷特》彻底脱离了传统复仇悲剧的窠臼。传统的复仇者是舞台上积极行动的角色，就像哈姆雷特以外的两位复仇者——莱阿提斯和福丁布拉，他们从来没有怀疑过自己肩负的复仇使命，只有哈姆雷特，他是一个犹豫不决的思想者，他人生的关键词不是复仇，而是怀疑。

　　他怀疑权威，他没有听信父亲亡魂的一面之词，在他亲眼验证杀人凶手之前，他一度认为父亲的亡魂有可能只是蛊惑人心的魔鬼。他怀疑权力，他认为权力会腐蚀昔日的同窗友谊，他的两位从海外回来的故交，就在权力的利诱之中，沦为了监视他的国王的爪牙。

　　他怀疑自己，他认识到自己经常充满了顾虑，担心自己不能完成复仇的任务，也担心自己会像母亲那样变节，灵魂不再美丽。他怀疑生前的价值，也怀疑死后的意义，他考虑过一了百了，祛除人世间的苦恼，也在墓地中说过，即使伟大如亚历山大大帝，死后也会化为一堆尘土，变成一块"人家拿来给酒桶塞孔眼的泥巴"。

　　哈姆雷特越怀疑，对人性的思考就越深入、越清醒。北京大学中文系的钱理群教授，曾把哈姆雷特和鲁迅《狂人日记》里的狂人作类比，他们外表的疯狂和内在的清醒形成了一种超越时代的戏剧张力。不同的是，鲁迅笔下的狂人最后的结局是病好了，欢天喜地做官去了；而莎士比亚舞台上的哈姆雷特，他的病一直带到了坟墓里。

　　剧本中的哈姆雷特，与其说是在完成复仇，不如说是在推迟复仇，当他复仇完成的那一刻，也是他死去的那一刻。也许这才是哈姆雷特真正的悲剧，而造成悲剧的根源，正是他深刻的怀疑。

如果说，哈姆雷特对霍拉旭最后的嘱托，一定程度上也代表着莎士比亚对观众的嘱托，那么莎士比亚最想要告诉观众的，大概是他创作的哈姆雷特既不是英雄，也不是恶棍，而是和我们一样，懦弱、犹豫、有弱点的普通人。他肩负的复仇使命，是他身上无法根除的诅咒，他必须背负这个诅咒，痛苦地活在丹麦这座"最糟糕的监狱"，就好像提前预告了一百多年以后，法国思想家卢梭在《社会契约论》开头写下的那句著名论断："人是生而自由的，但却无往不在枷锁之中。"

这一切都印证了俄国启蒙思想家赫尔岑在十九世纪的五六十年代，对哈姆雷特这个人物的评价："哈姆雷特的性格达到了全人类普遍性的程度，尤其在这怀疑与沉思的时代。"而哈姆雷特的痛苦、怀疑、思考与自省，也是我们人类之所以为人的证明。

彭智烨
（译文讲书工作室主理人，南京大学艺术硕士，青年编剧）

三、名师课堂·随心记

本期名师：

杨黎兰（上海市第三女子中学　高级教师）

使用说明：①扫码观看名师在线解读视频；②随看随记，把你的学习感悟和体会记录下来。

第一节　《哈姆雷特》到底讲述了怎样的一个故事？（解决情节梳理）

_____

_____

_____

_____

第二节　剧作思想价值评析。（解决主题思想）

_____

_____

_____

_____

第三节　哈姆雷特这个人物有何独特魅力？（解决人物形象理解）

四、阅读检测

一、填空题（每空 2 分，共 20 分）

1.《哈姆雷特》是英国戏剧家＿＿＿＿＿＿的"四大悲剧"之一，另外三部是《＿＿＿＿＿》《＿＿＿＿＿》《＿＿＿＿＿》。

2.《哈姆雷特》的故事背景发生在北欧的＿＿＿＿＿，根据发生的故事情节，该作品也被称作"＿＿＿＿＿"。

3. 哈姆雷特的父亲在故事开始时就已经去世了，他的叔叔＿＿＿＿继承了王位。

4. 哈姆雷特在剧中误杀了恋人＿＿＿＿＿的父亲＿＿＿＿＿。

5. 为了验证杀害父亲的真凶，哈姆雷特设计了一出名叫＿＿＿＿＿的戏剧，用来测试国王的反应。

二、选择题（把字母填入括号内，每题 2 分，共 20 分）

1. 莎士比亚出生日与逝世日都是 4 月 23 日，这一天也是什么日子？（　　　）

A. 世界戏剧日　　　　　　B. 世界读书日
C. 世界诗歌日　　　　　　D.《哈姆雷特》首演日

2. 以下哪一位翻译家不是莎士比亚戏剧的译者？（　　　）

A. 朱生豪　　　B. 卞之琳　　　C. 方平　　　D. 傅雷

3. 哈姆雷特的母亲叫什么名字？（　　　）

A. 奥菲丽雅　B. 葛特露德　C. 克莉奥佩特拉　D. 爱丽尔

4. 在剧中，谁是哈姆雷特唯一信得过的朋友？（　　　）

A. 罗森克兰　B. 莱阿提斯　C. 吉登斯丹　　　D. 霍拉旭

5. 奥菲丽雅是如何死去的？（　　　）

A. 意外溺水　B. 误喝毒药　C. 被人谋杀　　　D. 失足坠亡

6. 以下哪一句出自哈姆雷特的独白？（　　　）

A. "祷告飘云霄，心事停留在地面，有口却无心，祷告怎么飞上天！"
B. "'脆弱'啊，你的名字就叫'女人'！"
C. "太阳变色，支配着潮汐的月亮，满脸病容，奄奄一息，像已到了世界末日。"
D. "就数这谋杀，最恶毒，最骇人听闻，最伤天害理！"

7. 以下哪个角色不是复仇者？（　　　）

A. 哈姆雷特　B. 福丁布拉　C. 克劳迪斯　　　D. 莱阿提斯

8. 哈姆雷特说了什么以至让奥菲丽雅伤心欲绝? (　　　)

A. "进修道院去吧。"
B. "'脆弱' 啊，你的名字就叫 '女人'。"
C. "你以为我是在动什么坏主意吗?"
D. "我要竖一面镜子在你面前，让你瞧瞧自个儿的灵魂。"

9. 哈姆雷特曾就读于哪所大学? (　　　)

A. 英国剑桥大学　　　　　　B. 法国巴黎大学
C. 德国威登堡大学　　　　　D. 丹麦哥本哈根大学

10. 根据结局，最后谁当上了丹麦的新国王? (　　　)

A. 福丁布拉　　B. 哈姆雷特　　C. 霍拉旭　　D. 莱阿提斯

三、判断题（用√或×表示，每题2分，共20分）

1.《哈姆雷特》的作者还写了 "四大喜剧"《威尼斯商人》《仲夏夜之梦》《皆大欢喜》和《温莎的风流娘儿们》。(　　　)

2.《哈姆雷特》全剧共五幕二十场，最后一场全剧达到高潮。(　　　)

3. 人文理想和残酷现实的矛盾，使得哈姆雷特优柔寡断，行为犹豫，所以这个文学形象在文学史上被称为 "延宕的国王"。(　　　)

4. 哈姆雷特为报父仇而故意装疯，疏远了心上人奥菲丽雅，后来又误杀了奥菲丽雅的哥哥，以致痛苦中的奥菲丽雅溺水而

亡。（　　）

5. 哈姆雷特善于观察，长于思考和分析，而且文武全才，有计谋，他是莎士比亚精心塑造的人文主义英雄的典型。（　　）

6. 老国王的阴魂对剧情的发展起着决定性的作用，他的出现改变了哈姆雷特的命运，剧作伊始就以他悲伤而庄严、惨苦而坚定的形象奠定了全剧悲剧的氛围。（　　）

7. 哈姆雷特安排"戏中戏"的目的，是试探王后的反应。（　　）

8. 莱阿提斯为了给父亲和妹妹报仇，与国王策划了一场带有毒药的剑术比赛。（　　）

9. 王后葛特露德在嫁给现任国王时，并不知道他谋害了哈姆雷特的父亲。（　　）

10.《哈姆雷特》的结局是悲剧性的，所有主要角色包括哈姆雷特、奥菲丽雅、克劳迪斯、葛特露德、莱阿提斯、霍拉旭都死于非命。（　　）

四、简述与思考（每题 10 分，共 20 分）

1. 克劳迪斯是《哈姆雷特》中的一个"反派"角色，请举例说出他的两个"恶行"，并简要分析该反面人物在作品中起到了什么作用？

2. 哈姆雷特和莱阿提斯比剑是全剧的高潮，请简述比剑中三个回合的重要情节。

五、经典片段赏析（每题10分，共20分）

阅读下面两个剧本选段，根据提示，写作两篇短文。

（一）

"还没走，莱阿提斯？不像话，上船去！上船去！好风正息在帆顶上要送你启程，人家都在等候你呢。好吧，我为你祝福。有几句训诫，你可得牢记在心啊：（1）不要心里怎么想，嘴里就怎么说，也不可不假思索，想怎么就怎么干。（2）待人要随和，可决不能勾肩搭背。（3）做你的朋友，交情经过了考验，就该用钢圈把他们在心灵上箍牢；不要只知道去应酬那初出茅庐、羽毛未干的阔少，把手掌都磨破了。（4）留神啊，别轻易跟人吵起来，可一旦吵开了，就要让对方知道你、认识你。（5）要多听每个人的意见，少开你的口。（6）有批评，要接受；可保留你自己的判断。"

作文提示：这段话是《哈姆雷特》中谁的台词？他为什么要给莱阿提斯这么多忠告？这些忠告是否有道理呢？

根据以上提示，从带序号的忠告里任选一句，联系生活，写300字左右的短文，谈谈你的见解。

（二）

"活着好，还是别活下去了，这是个难题啊：论气魄，哪一种更高超呢？——忍受命运的肆虐，任凭它投射来飞箭流石；还是面对无边的苦海，敢挺身而起，用反抗去扫除烦恼。死了——睡熟了，就这么回事；睡熟了，如果可以说：就一了百了——了却心头的创痛，千百种逃不了的人生苦恼，那真是求之不得的解脱啊。死了——睡熟了；睡熟了，也许梦就来了——这可麻烦了啊；一旦我们摆脱了尘世的束缚，在死亡似的睡眠中，会做些什么梦呢？想到这，就不能不为难了——正为了这顾虑，被折磨的人们，会这么长期熬下去。谁甘心忍受这人世的鞭挞和嘲弄，受权势的压迫，看高高在上者的眼色，挨真情被糟蹋的痛苦，法庭的拖延，衙门的横暴，忍气吞声还免不了挨作威作福的小人狠狠地踢一脚？——只消他拔出了尖刀，就可以摆脱痛苦的残生。谁甘心压着重担，流汗、呻吟，过着那牛马般的日子，要不是害怕人死后，不知会怎么样；害怕那只见有人去，不见有人回的神秘的冥府——才把意志瘫痪了：宁可受眼前的气，切身的痛苦，却死活不肯向未知的苦难投奔。正是这顾前思后，使人失去了刚强；就这样，男子汉果断的本色，蒙上了顾虑重重的病态，灰暗的阴影。本可以敢作敢为，大干它一番，就为了这缘故，偃旗息鼓地退下来，只落得个无声无息。"

作文提示：这是哈姆雷特最著名的一段独白。有读者说《哈姆雷特》里独白太多，读起来太难受了，面对国仇家恨，王子内心却充满疑虑，以至于复仇计划迟迟未能推进，精力全都耗费在做决定上，说了许多漂亮话，反而失去了行动的力量，太令人不爽了。

根据以上提示，结合角色的独白，写 300 字左右的短文，谈谈你对哈姆雷特将复仇行动"延宕"的理解。

附：参考答案

一、填空题

1. 莎士比亚　奥赛罗（奥瑟罗）　麦克白（麦克贝斯）李尔王

2. 丹麦（丹麦宫廷）　王子复仇记

3. 克劳迪斯

4. 奥菲丽雅　波洛纽斯

5. 捕鼠机（捕鼠器）

二、选择题

1—5　BDBDA

6—10　BCACA

三、判断题

1—5　×√××√

6—10　√×√√×

四、简答题

1. 克劳迪斯不光毒死兄长，夺取王位，霸占嫂嫂，还试图以奸诈的手段置王子于死地。该反面人物作为自私残忍的人性黑暗面，反衬出了正面人物哈姆雷特的道德挣扎与理性思考，同时也维持着剧情的悬念，让正反力量的对比与抗衡保持到了最后，牢牢吸引住观众的注意力。

2. 第一回合哈姆雷特击中了莱阿提斯，国王用毒酒为他祝贺，让他喝下去，他拒绝了。第二回合仍是哈姆雷特取胜。读者的心里稍感宽慰。可是风云突变，王后喝下了那杯有毒的酒。接下来事情的发展急速而混乱，出乎所有人的意料：在第三回合里，莱阿提斯刺中了哈姆雷特，哈姆雷特随即夺过剑来也刺中了他，王后倒地。莱阿提斯倒地，揭穿了克劳迪斯的阴谋。哈姆雷特用有毒的剑刺克劳迪斯，并用毒酒灌他，克劳迪斯死去。

五、经典片段赏析

（一）写作方向：这段话是大臣波洛纽斯的台词，他出于父亲的关心，在儿子莱阿提斯去法国留学前，给莱阿提斯一些为人处世的忠告。比如第（2）句，这一句话谈与人交往要有适当的距离感，有分寸感，待人要友善，既不要冷淡傲慢，也不可喧宾夺主。（言之有理即可）

（二）写作方向：可参考《哈姆雷特》专家解读第三讲"推迟的行动与疯狂的内省——五幕情节梳理"及第四讲"犹豫不决的思想者——悲剧的根源与人性的证明"。（言之有理即可）

William Shakespeare
The Tragedy of Hamlet, Prince of Denmark

图书在版编目(CIP)数据

哈姆雷特 / (英)威廉·莎士比亚
(William Shakespeare)著；方平译. -- 上海 ：上海
译文出版社，2024.8. -- (译文学生文库). -- ISBN
978 - 7 - 5327 - 9668 - 7

Ⅰ. I561. 33
中国国家版本馆 CIP 数据核字第 2024ZS7627 号

哈姆雷特

[英]威廉·莎士比亚 著 方 平 译
策 划 / 冯 涛 责任编辑 / 刘岁月 装帧设计 / 张 越

上海译文出版社有限公司出版、发行
网址 : www.yiwen.com.cn
201101 上海市闵行区号景路 159 弄 B 座
上海中华印刷有限公司印刷

开本 720×1000 1/16 印张 13.75 字数 93,000
2024 年 8 月第 1 版 2024 年 8 月第 1 次印刷
印数 : 0,001—5,000 册

ISBN 978-7-5327-9668-7 / I · 6069
定价 : 30.00 元